HEYNE

THORSTEN SCHLEIF

RICHTER JAGEN BESSER

ROMAN

WILHELM HEYNE VERLAG
MÜNCHEN

MIX
Papier | Fördert
gute Waldnutzung
FSC® C014496
FSC
www.fsc.org

Penguin Random House Verlagsgruppe FSC® N001967

Originalausgabe 05/2023

Redaktion: Joscha Faralisch
Umschlaggestaltung: Nele Schütz Design, München,
unter Verwendung von Motiven von © shutterstock/Photo Lab,
Hernan E. Schmidt, Le Nhut, chainarong06
Satz: Leingärtner, Nabburg
Druck und Bindung: GGP Media GmbH, Pößneck
Printed in Germany
ISBN: 978-3-453-42747-1
www.heyne.de

Für meine Mutter

Prolog

Jochen sog die kühle, feuchte Luft durch die Nase. Er roch das Harz der Kiefern, er roch vermoderndes Laub. Er roch das alte Holz des Hochsitzes, auf den er noch in der Dunkelheit geklettert war. Nun begann der Sonnenaufgang, was an diesem wolkenverhangenen, nebligen Tag aber kaum eine Rolle spielte. Nur die Farbe des Himmels wechselte von schwarz zu dunkelgrau. Jochen vertrug die Kälte im Herbst immer schlechter. Sein rechtes Knie schmerzte und auch seine Schulter, die er sich bei einem Sturz vom Rennrad ausgekugelt hatte. Aber das lag schon Jahre zurück. Oder waren es Jahrzehnte? Jochen nahm eine Bewegung wahr, etwa zweihundert Schritte von seinem Hochsitz entfernt auf der Lichtung des Waldes. Er griff zu seinem Gewehr und blickte durch das Zielfernrohr. Ein junges Rehkitz hatte sich aus dem Wald gewagt und es auf das feuchte, frische Gras der breiten Lichtung abgesehen. Jochen stellte das Zielfernrohr scharf. Er sah das junge Tier, wie es unbekümmert fraß und noch unbeholfen ein paar tapsige Schritte vorwärts machte. »Na, mein Kleines«, flüsterte Jochen. »Du bist aber unvorsichtig.« Jochen fokussierte die Stelle unterhalb der Schulter des jungen Tieres. Der perfekte Blattschuss. Dann hielt er den Atem an und zählte. Einundzwanzig. Das junge Kitz fraß weiter. Zweiundzwanzig. Es blickte nicht einmal auf, als sich ein Rabe krächzend ein paar Schritte weiter aus dem Gras erhob. Dreiundzwanzig. Jochen setzte das Gewehr wieder ab. ›Nein, du bist heute nicht mein Ziel‹, lächelte Jochen in sich hinein. Dann blickte er sich um. Er hatte ein Bellen gehört, noch weit entfernt. Jochen suchte das andere Ende der Lichtung ab. Kaum mehr als einen halben Kilometer Sicht erlaubte der Nebel. Er sah eine schlanke Silhouette am Waldrand, dort, wo der kleine Trampelpfad entlanglief, den auch er am frühen Morgen genommen hatte. Ein Fußgänger trat aus dem Wald, neben ihm ein kleiner Schatten, vermutlich der Ursprung des Bellens. Mann oder Frau? Auf diese Entfernung schwer zu erkennen. Jochen griff erneut zu seiner Büchse und legte an, sodass er durch das Zielfernrohr sehen konnte. Der Fußgänger lief genau in seine Richtung. Jetzt konnte man die langen blonden Haare erkennen, die unter der Kapuze der dunkelblauen Jacke herausblickten. Und die schlanke, fast zierliche Gestalt. Eine Frau also. Und den leichten Schritten zufolge eine junge Frau, vielleicht Anfang zwanzig. In ihrer linken Hand konnte Jochen eine Hundeleine erkennen. Jochen stellte das Zielfernrohr scharf. Die junge Spaziergängerin lief unbekümmert weiter. Sie konnte ihn in dem gut getarnten Hochsitz nicht erkennen, selbst dann nicht, wenn sie auf zwanzig Schritt herangekommen wäre. Jochen hielt den Atem an. Einundzwanzig. Wieder krächzte ein Rabe ein paar Schritte entfernt. Zweiundzwanzig. Ein Bellen des Hundes, der den

Raben entdeckt hatte. Dreiundzwanzig. Jochen drückte ab. Der Schuss zerriss die friedliche Stille, die eben noch über dem Wald gelegen hatte. Die Kugel durchdrang mit Leichtigkeit die Schädelplatte, und Blut spritzte aus der frischen Wunde an der Schläfe. Das ungeladene Gewehr mit dem Zielfernrohr fiel auf den Boden. Und Jochen sackte tot in sich zusammen, den Revolver mit dem qualmenden Lauf immer noch in seiner rechten Hand.

1

Kaffee. Der Schriftsteller Oscar Wilde soll gesagt haben: »Ich kann im Leben auf alles verzichten, aber nicht auf Luxus.« Bei mir ist es ähnlich. Ich kann auf alles verzichten, aber nicht auf Kaffee. Will ich auch nicht. An jenem Morgen machte ich daher so etwas wie einen kalten Entzug. Unfreiwillig natürlich. Die Stadtwerke hatten unerwartet den Strom für einige Stunden abgestellt. Nun, um ganz ehrlich zu sein, hatten sie es vorher angekündigt. Schriftlich. Zweimal. Aber ich hatte es vergessen, und so war es für mich unerwartet, als ich – wie an jedem Morgen – in die Küche ging und mir der Kaffeevollautomat den Dienst versagte. Auch das kleine Café gegenüber dem Altbau, in dem meine Wohnung lag, war von der Stromsperre betroffen. Und so kam es, dass ich gegen halb zehn schlecht gelaunt und mit einem auf null gesenkten Koffeinspiegel das kleine Amtsgericht am Rand der Altstadt betrat. Glücklicherweise war Sabine, der gute Geist meiner Geschäftsstelle, in jeder Beziehung zuverlässig – auch darin, einen starken Kaffee zu kochen. Und daher spürte ich mit jeder Stufe, die ich dem ersten Stock des Amtsgerichts, in dem sich auch die Strafabteilung befand, näher kam, wie sich meine Laune besserte, angesichts der Vorfreude auf die erste Tasse Kaffee. Und die zweite. Und die dritte. Ich hatte einige aufzuholen.

Zwischen dem Treppenhaus und dem großen Geschäftsstellenzimmer lag mein Büro, das ich aber erst mit einem ausgeglichenen Koffeinspiegel aufsuchen wollte. Auf der Fensterbank gegenüber meiner Bürotür saß eine Frau und spielte an ihrem Handy. Anfang dreißig, die dunkelblonden Haare zu einem Pferdeschwanz gebunden, Jeans und Lederjacke. Ihre nackten Füße steckten in leichten Turnschuhen. Wäre ich nicht so auf meinen Kaffee fixiert gewesen, wäre mir vermutlich aufgefallen, dass sie durchaus hübsch war. So aber eilte ich an ihr vorbei. Wenigstens ließ mich meine gute Erziehung noch ein mehr oder weniger unfreundliches »Morgen« in ihre Richtung grummeln.

»Herr Buckmann?«

Mist. Abrupt blieb ich stehen und drehte mich zu ihr um.

»Ja? Haben Sie etwa auf mich gewartet?«

»Da Sie unpünktlich sind, blieb mir nicht viel anderes übrig«, grinste mich die Blonde frech an.

»Unpünktlich?«

»Wie würden Sie es nennen, wenn man eine halbe Stunde zu spät zu einer Verabredung erscheint?«

»Ja, da wäre unpünktlich durchaus ein zutreffender Begriff.«

Jetzt erst musterte ich die Frau näher. Hohe Wangenknochen, ein leichtes Kinngrübchen, zierliche Nase. Das Highlight des Gesichts waren jedoch die Augen, die mich ebenso selbstbewusst wie freundlich anblickten. Ein grünes und ein blaues Auge.

»Und Sie und ich hatten eine Verabredung?«

Die Blonde nickte weiterhin lächelnd.

»Für neun Uhr. Mein Name ist Bukowsky.«

Bukowsky? Zugegeben, der Name sagte mir etwas. Ich dachte angestrengt nach, was mir an diesem Morgen sehr schwerfiel. Niedriger Koffeinspiegel. Konzentrationsschwäche ist eine typische Entzugserscheinung. Ich hatte darüber etwas in der Zeitung … Natürlich! Zeitung. Vor einigen Wochen hatte mich ein Journalist angeschrieben. Oder besser nicht mich, sondern den Direktor des Amtsgerichts, der sich wie immer auf irgendeiner Fortbildungsveranstaltung befand. *Die Pflege der Richterrobe im fortgeschrittenen Alter* oder so was. Jedenfalls hatte er die E-Mail kommentarlos an mich weitergeleitet. Ein Journalist, der ein Buch über den Zustand der Justiz schreiben wollte und deshalb um ein kurzes Praktikum beim Amtsgericht gebeten hatte. Mit Empfehlung des Justizministers. Ich vereinbarte mit ihm per E-Mail einen Termin. Anscheinend für den heutigen Tag. Und offenbar war *er* eine Sie.

»Sie sind Robin Bukowsky?«

Sie nickte.

»Ich dachte, Robin Bukowsky sei ein Mann«, brummelte ich.

»Ach. Und hätten Sie gewusst, dass ich eine Frau bin, wären Sie pünktlich gewesen?«

»Nein. Ich bin für Gleichberechtigung. Ich behandele Männer, Frauen und Diverse grundsätzlich gleich respektlos.«

Frau Bukowsky lachte herzhaft.

Ich kratzte mich verlegen am Hinterkopf.

»Fangen wir noch mal an«, fuhr ich fort und reichte ihr die Hand. »Entschuldigen Sie bitte meine Verspätung. Ich freue mich, Sie kennenzulernen. Mein Name ist Buckmann.«

Die Journalistin ergriff meine Hand, drückte sie erstaunlich fest und antwortete: »Danke, dass Sie Zeit für mich haben.«

Ich schloss die Tür zu meinem Büro auf, verabschiedete mich gedanklich von meinem ersten Kaffee und bat Frau Bukowsky einzutreten. Die Journalistin blieb in der Mitte des Raumes stehen und blickte sich interessiert um. Ich kannte diesen Blick. Der typische Blick eines Menschen, der zum ersten Mal ein typisches Richterbüro betrat. Eine Mischung aus Mitleid und Belustigung. Mitleid wegen der Möbel aus den Siebzigerjahren, der seit fünfzehn Jahren nicht gestrichenen Wände, des alten Schreibtischstuhls mit den kaputten Rollen, des zerschlissenen Linoleums, des veralteten Computers. Belustigt wegen meiner eingerahmten Bilder. Die Hollywoodstars vergangener Zeiten: John Wayne, Clint Eastwood, Sean Connery, Marylin Monroe.

»Ich würde Ihnen gern einen Kaffee anbieten«, sagte ich und deutete auf einen Aktenbock in einer Wandnische, auf dem sich bis vor zwei Tagen noch mein altgedienter Kaffeevollautomat befunden hatte. »Aber mein Kaffeeautomat hat die nationale Sicherheit gefährdet.«

Tatsächlich hatte er die jährliche Prüfung nicht bestanden. Irgendetwas mit dem Widerstand stimmte wohl nicht. Da konnte ich dem Prüfer noch so oft erklären, dass er tadellosen Kaffee hervorbringt. Und versuchen, ihn mit einer Tasse des köstlichen Getränks zu bestechen. »Der muss weg!«, hatte der Blaumann gnadenlos gesagt. Und so hatte ich ihn am gleichen Tag mit in meine Wohnung genommen und einen neuen bestellt, der aber erst zu Beginn der nächsten Woche geliefert werden sollte.

»Ist nicht schlimm«, lächelte die Journalistin.

Ja, für Sie vielleicht nicht.

»Ich trinke nur wenig Kaffee.«

Bis gerade waren Sie mir noch sympathisch.

»Bitte nehmen Sie Platz«, forderte ich Frau Bukowsky auf und deutete auf einen der alten Holzstühle an meinem kleinen Besprechungstisch.

»Was kann ich für Sie tun?«

Frau Bukowsky setzte sich und erzählte, dass sie ein Buch über die Arbeit an deutschen Gerichten schreibe. Überlastung. Ressourcenverschwendung. Ausbildungsmängel. Sie wollte sich einen Einblick vor Ort verschaffen.

»Und dafür haben Sie tatsächlich eine Empfehlung des Ministers erhalten?«, fragte ich ungläubig. »Was haben Sie ihm dafür versprochen? Nur Nettes zu schreiben?«

Frau Bukowsky blickte mich an und lächelte selbstbewusst.

»Nein. Ich habe versprochen, etwas nicht zu schreiben. Einen Artikel über den Sohn des Ministerpräsidenten, einen Bekleidungsfabrikanten, der einen Großauftrag für Gefängnisbekleidung erhalten hat und eine große Provisionszahlung.«

»Eine Erpressung?«, fragte ich amüsiert.

Die Journalistin machte ein übertrieben erschrockenes Gesicht.

»Aber nein! Ich habe ihm nur erklärt, dass ich eigentlich viel lieber an meinem Buch weiterschreiben würde, hierfür aber selbst Erfahrungen an einem Gericht sammeln müsse. Er hat ein paar Telefonanrufe getätigt, und da bin ich!«

Irgendwie mochte ich sie.

»Nun, wenn Sie wirklich wissen wollen, wie ein Richter arbeitet, dann kommen Sie doch morgen früh um neun Uhr mit in meine Gerichtsverhandlung.«

Die Reporterin tippte den Termin in ihr Smartphone ein und stand auf.

»Sehr schön, ich freue mich!« Sie reichte mir die Hand. »Und was steht für morgen auf dem Plan?«

Ich überlegte kurz. »Ein Ladendiebstahl, zwei Schwarzfahrer, Besitz von Marihuana und Fahren ohne Fahrerlaubnis.«

Frau Bukowsky machte ein etwas enttäuschtes Gesicht.

»Das klingt nicht gerade spannend.«

Sie öffnete die Bürotür und trat hinaus.

»Mörder werden Sie beim Amtsgericht nicht finden«, sagte ich lachend.

Bevor sie die Tür schloss, drehte sich die Journalistin noch einmal um und erwiderte augenzwinkernd: »Vielleicht muss man nur richtig suchen.«

2

Das Ärgerliche an einem Mord sind die Folgen. Und damit meine ich nicht die Folgen für das Opfer. Die sind zwar auch nicht schön, aber wenigstens überschaubar. Ich spreche von den Folgen für den Täter, jedenfalls für den Täter mit einem durchschnittlichen Gewissen. Da eine Wiedergutmachung der Tat im eigentlichen Sinn denklogisch ausscheidet, bleibt das schlechte Gewissen. Ein Leben lang. Der Dieb kann zurückgeben, der Brandstifter reparieren oder wieder aufbauen und der Schläger wenigstens die Arztkosten und ein Schmerzensgeld zahlen. Was kann der Mörder tun? Gut, er könnte die Beerdigungskosten tragen. Aber mal ganz ehrlich: Das freut das Opfer auch nur bedingt. Nämlich unter der Bedingung, dass es an ein Leben nach dem Tod glaubt. Und natürlich, dass es damit auch recht hat.

Vermutlich sehen die Strafgesetze der meisten Länder auch deshalb eine lebenslange Freiheitsstrafe als Folge für einen Mord vor. Wenn eine Wiedergutmachung ausscheidet, dann braucht es der Täter gar nicht erst zu versuchen. Darum soll er Zeit finden, um über seine Tat nachzudenken.

Ein Leben lang. Das ist übrigens die zweite recht unangenehme Folge für den Mörder. Der lebenslange Aufenthalt in recht beengten Räumlichkeiten. Zwar auf Staatskosten, aber trotzdem nicht attraktiv.

Die meisten Menschen machen sich hierüber keine Gedanken. Allerdings hatte ich die Gruppe der meisten Menschen vor einigen Wochen verlassen, als ich Ercan Ayaz, den brutalen Chef eines städtischen Drogenrings, ermordet hatte. Jedenfalls mittelbar. Ich will mich nicht mit fremden Federn schmücken. Den eigentlichen Mord hatte Ayaz' Vorgänger, der ehemalige Chef des Drogenrings, begangen, ein gewisser Özman Yilmaz. Aber der hatte sich getäuscht. Oder vielmehr hatte ich ihn getäuscht. Ich hatte ein Missverständnis, an dessen Entstehen der Rechtsanwalt des Drogenringes nicht ganz unschuldig war, gehegt und gepflegt, sodass Yilmaz davon ausging, Ayaz hätte ihn verraten und ihm einen langjährigen Aufenthalt auf Staatskosten in vergitterten Räumlichkeiten beschert. Und ich hatte dafür gesorgt, dass Ayaz in genau dieselbe staatliche Einrichtung eingeliefert wurde wie Yilmaz, wo der ihn dann zuverlässig am Tag nach der Einlieferung davon überzeugen konnte, das Atmen dauerhaft einzustellen. Mithilfe eines Messers und eines guten Dutzends Stichkanälen in der Lebergegend. Da die Polizei, die Staatsanwaltschaft und auch die Gerichte Özman Yildiz die Tat unproblematisch nachweisen konnten, suchten sie gar nicht erst nach mir, dem Täter hinter dem Täter. Es war der perfekte Mord. In mittelbarer Täterschaft – juristisch gesprochen. Das klingt jetzt vielleicht so, als wäre ich auf den Mord stolz. Das bin ich nicht. Kaum. Allenfalls ein kleines bisschen vielleicht. Immerhin hatte Ayaz nicht nur einige Menschenleben auf dem Gewissen, sondern auch das Leben meiner Tochter bedroht. Und das meines Referendars. Mein eigenes übrigens auch.

Jedenfalls hatte ich seit diesem Tag ein schlechtes Gewissen. Vermutlich, weil ich mit einem Mord gegen all das verstoßen hatte, wofür ich in den letzten fünfundzwanzig Jahren als Richter eingestanden bin. Und ich habe auch ein wenig Angst, doch noch erwischt zu werden. Deshalb zucke ich seit diesem Tag innerlich zusammen, wenn ich das Wort »Mord« höre. Es ist mir vorher nie bewusst gewesen, wie viele Wörter mit »Mord« beginnen. Mordsappetit, Mordsarbeit, Mordsspaß, Mordshunger, Mordsspektakel, Mordsstimmung – die deutsche Sprache ist im wahrsten Sinne des Wortes geradezu mordlustig.

Immer wenn ein Mensch in meiner Gegenwart ein solches Wort benutzt, beziehe ich es auf mich und meinen Mord. Das ist natürlich völliger Unfug. Trotzdem lief mir ein kalter Schauer über den Rücken, als ausgerechnet eine Journalistin auf meinen Hinweis, dass sie am Amtsgericht keine Mörder finde, sagte: »Vielleicht muss man nur richtig suchen.« Ich weiß, dass das nur ein Scherz sein sollte. Und natürlich bezog sich das nicht auf meinen Mord. Nahm ich an. Hoffentlich.

Ich schüttelte den Gedanken ab und konzentrierte mich wieder auf das eigentliche Problem an diesem Morgen: Kaffee!

3

Die Geschäftsstelle ist das Zentrum der Strafabteilung des Amtsgerichts. Hier lagern die Akten zu aktuellen Verfahren. Hier sitzen die vielen fleißigen Bienen – und in den letzten Jahren auch zunehmend die ein oder andere Drohne – und schreiben Urteile, Protokolle und Beschlüsse, verschicken Briefe, telefonieren mit Anwälten, Zeugen und Sachverständigen. Und nur hier gibt es einen ganz bestimmten Geruch, eine Mischung von altem Papier, beißendem Druckertoner und frischem Kaffee. Auf Letzteren hatte ich es nach dem Gespräch mit der Journalistin abgesehen. Doch noch während ich die Tür öffnete, merkte ich, dass irgendetwas nicht stimmte. Es fehlte der typische Kaffeeduft.

»Guten Morgen! Was ist los? Gibt es heute keinen …«

Der Rest der Frage blieb mir im Hals stecken.

Für gewöhnlich saß Sabine morgens energiegeladen hinter ihrem Bildschirm. Wir hatten uns von Anfang an gut verstanden, als ich vor fünfzehn Jahren vom Landgericht zum Amtsgericht versetzt worden war. Sabine war so etwas wie meine große Schwester. Tatsächlich war sie einige Jahre älter als ich, hatte sich jedoch besser gehalten. Ein sportlicher, quirliger Typ mit Läuferfigur, kurzen, blonden und stets verstrubbelten Haaren und nie um einen frechen Spruch verlegen. Heute allerdings saß sie zusammengesunken auf ihrem Bürostuhl und putzte sich die Nase. Ihre Augen waren gerötet.

»Was ist los?«

Sabine antwortete mit leiser und brüchiger Stimme: »Jochen ist tot.« Nach einem Moment fügte sie hinzu: »Selbstmord.«

Der Satz zog mir den Boden unter den Füßen weg. Jochen Mershofen war mein alter Mentor. Ein Richter, wie man sich einen Richter vorstellt. Selbstbewusst, erfahren, weise. Und immer ein offenes Ohr für seine Kollegen. Jochen war vor wenigen Jahren pensioniert worden. Ich hatte ihn einige Monate nicht gesehen und wollte ihn längst angerufen haben, mich endlich mal wieder melden. Aber irgendwie hatte ich das aus den Augen verloren.

Ich stand noch immer in der geöffneten Tür, die Klinke in der Hand, und starrte Sabine an. Unfähig, etwas zu sagen. Sabine stand auf, kam zu mir und drückte mich.

»Setz dich, Siggi. Ich mache uns einen Kaffee.«

Da war sie wieder, die große Schwester. Ich ließ mich auf den Bürostuhl von Hanna fallen, Sabines Zimmerkollegin, die sich im Urlaub befand, und sah zu, wie Sabine die Enden eines Kaffeefilters faltete und ihn in die alte Maschine steckte, die auf dem kleinen Kühlschrank stand.

»Ich verstehe nicht … ich meine … Jochen … warum hat er …?«

Einen vollständigen Satz brachte ich nicht hervor.

Wortlos zuckte Sabine die Schultern und löffelte den Kaffee in den Filter. Dann schaltete sie die Maschine an und setzte sich wieder hinter ihren Schreibtisch. Schweigend hörten wir zu, wie die Kaffeemaschine zu gurgeln begann.

»Mein Ex hat vorhin angerufen«, brach Sabine endlich die unangenehme Stille. »Eine junge Frau hat Jochen heute Morgen gefunden. Auf dem Hochsitz an der Spall-Heide. Er hatte seinen Revolver noch in der Hand.«

Sabines Ex ist Polizeibeamter, und ihre guten Kontakte zur Polizei hatten uns bei der Arbeit schon oft geholfen.

Ich sah zu, wie das Wasser in den Filter lief und schon bald die ersten Tropfen der schwarzen Flüssigkeit die Glaskaraffe füllten. Nach einer Weile stand ich auf und nahm zwei Tassen aus dem kleinen Schränkchen neben dem Kühlschrank, die ich bis zum Rand füllte. Irgendjemand hatte mal gesagt: »Kaffee hilft immer!« Er hatte sich geirrt.

4

Robins Appartement lag in der obersten Etage eines dreistöckigen Neubaus am Stadtrand. Die Journalistin öffnete die schicke graue Tür, trat ein und kickte sie mit dem Fuß wieder ins Schloss. Dann warf sie ihre Schlüssel in die kleine Steinschale, die auf dem Schränkchen der winzigen Diele stand, streifte die Turnschuhe ab und ging barfuß auf dem Parkett in das ebenso geschmackvoll wie spartanisch eingerichtete Wohnzimmer mit der offenen Küche. Lederjacke und Bluse landeten unsanft auf einem Sessel am Fenster. Robin griff nach zwei Boxhandschuhen, die auf dem Boden lagen, lockerte Schultern und Nacken, während sie sie überstreifte, und zog die Riemen mit den Zähnen fest. Dann widmete sie sich nur mit Jeans und schwarzem Tanktop bekleidet dem großen, schweren Lederboxsack, der in der Mitte des Raums an einer glänzenden Eisenkette hing. Schon die ersten paar Hiebe zeigten, dass Robin genau wusste, was sie tat. Das waren keine wilden Schläge, um Frust abzubauen, sondern die routinierten Haken und Geraden einer trainierten Boxerin.

Heute allerdings diente der Sandsack ausnahmsweise auch dazu, ein wenig Dampf abzulassen. Die Journalistin hatte die letzte Stunde im Stau stehend verbracht, weil irgendein Hochzeitskorso die Autobahn blockiert hatte, damit Herren in viel zu kleinen und schlecht sitzenden Anzügen romantische Selfies von sich und ihren überschminkten und in nuttige Kostüme gewickelten Herzensdamen machen konnten. Die ehrenamtlichen Stauführer erwischten Robin auf dem Rückweg vom Gerichtsgebäude, nachdem sie sich mit Richter Buckmann getroffen hatte.

Nach einer Viertelstunde Sandsackarbeit war der Ärger verflogen. Schweißperlen standen auf Robins Stirn und den nackten Schultern. Sie zog die Handschuhe aus und öffnete ein Fenster. Dann holte sie ein frisches Handtuch aus dem kleinen Bad neben ihrem Schlafzimmer, trocknete das Gesicht und legte es um ihre Schultern. In der aufgeräumten Wohnküche nahm sie einen Proteinshaker aus dem Schrank, füllte ihn zur Hälfte mit Wasser, gab zwei Esslöffel Eiweißpulver hinzu und setzte sich auf einen der Barhocker an die Kücheninsel. Dort hatte sie am Morgen ihr wichtigstes Arbeitsmittel zurückgelassen, ein silbergraues Notebook mit Sechzehn-Zoll-Monitor. Sie schüttelte den hohen Becher, bis sich das Pulver aufgelöst hatte, und nahm einen großen Schluck. Dann klappte sie den Bildschirm des Notebooks auf. Drei Artikel regionaler Tageszeitungen waren auf dem Bildschirm nebeneinander angeordnet. Die Schlagzeilen behandelten dasselbe Thema: »Chef eines Drogenrings ermordet«, »Bandenchef Ercan Ayaz im Gefängnis hingerichtet«, »Mord in Vollzugsanstalt – Was sagt der Minister?«

Robin klickte auf eine Bilddatei, und ein Foto vergrößerte sich, das die Journalistin von der Homepage des Amtsgerichts kopiert hatte. Es zeigte die örtlichen Richter, die in Robe vor dem Eingang des Gerichts posierten. Die Journalistin zog mit der Maus einen roten Kreis um den Kopf eines Robenträgers. Es war der Mann, den sie heute persönlich kennengelernt hatte, Richter Buckmann. Robin verglich das Foto mit dem Eindruck, den sie von ihm gewonnen hatte. Das Foto wurde ihm nicht gerecht. Er wirkte selbstbewusster als auf dem Bild. Und er sah – ganz objektiv betrachtet – besser aus, vor allem athletischer. Das würde ihr Vorhaben sehr viel angenehmer machen. Robin hatte schon oft geflirtet, um an eine Story zu kommen, und kannte ihre Wirkung auf Männer. Vor allem auf Männer im »interessanten« Alter. Trotzdem fiel die Arbeit leichter, wenn sie nicht unattraktiv waren.

Das Summen des Smartphones, das neben dem Notebook auf der hölzernen Fläche der Kücheninsel lag, riss die Journalistin aus ihren Gedanken. Robin betätigte die Lautsprecherfunktion.

»Hallo, Maria.«

Maria war nicht nur eine Kollegin, sondern eine ihrer engsten Freundinnen. Sie kannten sich seit dem gemeinsamen Studium. Zurzeit arbeiteten sie an einer Reportage über vegane Ernährung, die in einigen Wochen in einer renommierten Frauenzeitschrift erscheinen sollte. Wissenschaftliche Studien, Kochrezepte, Restaurants, Auswirkungen in der Schwangerschaft – das volle Programm. Maria hatte den Auftrag an Land gezogen und ihre Freundin um Hilfe gebeten. Das Thema lag Robin zwar weniger, aber das Honorar war großzügig, sodass sie zugesagt hatte.

»Hallo, Robin! Ich wollte mal hören, wie der erste Tag bei Gericht gelaufen ist. Wie ist er denn so?«

»Anders als erwartet.«

»Oje. Noch dröger und klappriger? Alter, weißer Mann in Reinkultur?«

Robin lachte.

»Nein, ganz im Gegenteil!« Nach einem Augenblick fügte sie amüsiert hinzu: »Es könnte interessant werden …«

5

Jochen hatte nie geheiratet. Seine Jugendliebe hatte sich noch während des gemeinsamen Jurastudiums von ihm getrennt und war nach Australien ausgewandert. Erst viele Jahre später erfuhr er, dass sie schwanger gewesen und er Vater eines Sohnes geworden war. Auch wenn sie sich einige Male gegenseitig besucht hatten, war ein echtes Vater-Sohn-Verhältnis nie entstanden. Über die Jahre war aus meinem alten Mentor ein eingefleischter Single geworden. Seine nächste Verwandte war seine zehn Jahre jüngere Schwester Kathrin, die ich auf Jochens Ausstand kennengelernt und seitdem häufiger gesehen hatte. Zu ihr fuhr ich am Nachmittag desselben Tages, um mein Beileid auszudrücken und Hilfe anzubieten.

Schon als ich vor dem hübschen Einfamilienhaus hielt und die Wagentür öffnete, vernahm ich lautes Kindergeschrei aus dem Inneren des Hauses.

»Siggi!«, sagte Kathrin überrascht, als sie die Haustür öffnete. »Komm doch bitte herein!«

»Ich möchte nicht stören …«

»Du störst nicht. Es ist lieb von dir, dass du vorbeikommst.«

Kathrin führte mich ins Wohnzimmer und wies auf einen Sessel. »Nimm bitte Platz! Einen Kaffee?«

Ich schüttelte den Kopf. »Danke, nein.«

Auf einem Kissen vor dem Fenster lag Judex, Jochens kleiner Border Collie, den Kopf auf die Pfoten gelegt, und blickte traurig in den Garten. Er schien zu spüren, dass sein Freund nicht zurückkehren würde.

Im oberen Stockwerk waren Kinder zu hören. Mindestens zwei.

»Meine Enkel«, erklärte Kathrin. »Meine Tochter und mein Mann sind in die Stadt gefahren, um alles zu regeln.« Kathrin atmete einmal tief durch.

Wieder rumste es oben.

»Die beiden sind noch zu klein, um zu verstehen, was passiert ist«, lächelte sie.

»Es tut mir so leid, Kathrin. Gibt es irgendetwas, was ich für euch tun kann?«

Jochens Schwester schüttelte den Kopf und lächelte.

»Danke, Siggi. Weißt du, das ist alles so unwirklich. Ich habe es noch immer nicht begriffen. Ich fürchte, das kommt noch.«

»Weißt du, warum Jochen …?«, setzte ich an und schluckte. Es fiel mir schwer, den Satz zu beenden. Erst jetzt setzte sich Kathrin auf das kleine Sofa, das gegenüber meinem Sessel stand, und sah mich an.

»Jochen hatte eine starke Depression.«

»Jochen?« Der angelnde, jagende Tennisspieler, der an

jedem Stammtisch gern gesehen war. Der Jochen? Kathrin schien meine Gedanken zu erraten.

»Nach seiner Pensionierung ist er in ein ziemliches Loch gefallen. Er hatte seine Hobbys, ja. Angeln, Jagen, Tennis und Judex natürlich«, erklärte Kathrin und blickte hinüber zu dem Border Collie, der sich nicht gerührt hatte. »Aber seine Lebensaufgabe, seine Leidenschaft war der Richterberuf. Und der war plötzlich weg. Jochen hatte keine Frau, keine Kinder oder Enkel, die ihn auffangen konnten.«

Kathrin machte eine kurze Pause, bevor sie fortfuhr.

»Er hat sich immer mehr zurückgezogen. Das ist dir doch auch aufgefallen, oder?«

Zugegeben. In den letzten Monaten war Jochen immer häufiger den Richtertreffen ferngeblieben. Aber hatte dafür stets eine gute Erklärung: einen Schnupfen beim Angeln eingefangen, eine Bänderzerrung beim Tennis, das Knie verdreht auf der Pirsch. Wir haben seine Erklärungen – vielleicht waren es auch nur Ausreden – nie infrage gestellt.

Ich nickte leicht.

»Vor ein oder zwei Wochen verschlechterte sich sein Zustand. Ich weiß nicht, warum. Er sprach mit mir nie über seine Sorgen. Nicht mit der kleinen Schwester.« Kathrin lächelte traurig.

»Und heute Morgen, als er Judex vorbeibrachte, war er plötzlich sehr …« Sie suchte nach dem passenden Wort. »Sehr ruhig, sehr gefasst. Fast gleichgültig.«

Kathrins Augen wurden feucht, sodass ich das Thema wechselte.

»Sagt bitte Bescheid, wenn ich euch doch irgendwie helfen kann!«

Sie nickte und lächelte. Dann fiel ihr etwas ein.

»Da wäre wirklich was. Darf ich dich um einen kleinen Gefallen bitten? Ich habe Judex noch nicht gefüttert. Jochen hatte nur eine kleine Dose Hundefutter dabei, als er ihn heute Morgen vorbeigebracht hat. Würdest du mir noch rasch etwas aus seiner Wohnung holen? Er bekommt irgendein Spezialfutter wegen seiner Nieren.«

Kathrin stand auf, ging zu einer Kommode und holte aus der obersten Schublade einen kleinen Schlüsselbund hervor.

»Du kennst dich ja aus.« Sie drückte mir die Schlüssel in die Hand. Im oberen Stockwerk fiel etwas mit lautem Klirren zu Boden, und Jochens Schwester eilte zur Treppe.

»Bis gleich, Siggi!«

6

Zehn Minuten später parkte ich neben der Einfahrt des kleinen Hauses, in dem Jochen die Erdgeschosswohnung gemietet hatte. Die Jalousien waren heraufgezogen, die beiden Fenster der Küche gekippt, und durch das Wohnzimmerfenster leuchtete der Schein der Leselampe. Ich schluckte. Man hätte annehmen können, Jochen wäre zu Hause. Ich sah in den Wohnungsbriefkasten, bevor ich die Haustür öffnete. Leer. Jochen musste die Post noch an diesem Morgen herausgenommen haben.

Als ich im Hausflur den Schlüssel an die Wohnungstür setzen wollte, stellte ich fest, dass meine Hände zitterten. Ich atmete dreimal tief durch, öffnete die Tür und trat ein. Es ist erstaunlich, wie sehr eine Wohnung Erinnerungen hervorrufen kann. Während ich langsam durch die Diele ging, sah ich Jochen, wie er mit zwei eiskalten Bierflaschen aus der Küche kam, wie er mit Gummistiefeln und Angel vor der Garderobe stand und wie er in weißen Tennisshorts eine Sporttasche über die Schulter warf. Es war so, wie Kathrin gesagt hatte: noch zu unwirklich, um zu begreifen.

In der Küche nahm ich einige Dosen Hundefutter aus dem Schrank neben der Spüle und legte sie zusammen mit einigen Kauknochen in den Einkaufskorb, der unter dem Küchentisch stand. Es passte zu Jochen, dass er seinen kleinen Freund nicht mitgenommen hatte, als er … Ich schüttelte den Gedanken ab. Gerade als ich die Wohnung wieder verlassen wollte, fiel mir die Leselampe ein. Ich ging ins Wohnzimmer und schaltete sie aus. Dabei fiel mein Blick auf den niedrigen Couchtisch. Auf einem Stapel Papiere lag die heutige Tageszeitung. Darauf stand eine halb volle Kaffeetasse. Und ein leeres Whiskeyglas. Ich stutzte. Jochen war niemand, der am frühen Morgen Alkohol trank. Jedenfalls hatte er das früher nie getan. Aber es passte zu dem, was Kathrin von ihrem Bruder erzählt hatte.

Ich war so in Gedanken vertieft, dass ich dem leichten Luftzug an meiner Schulter keine Beachtung schenkte. Auch das leise Knarren der Wohnzimmertür bemerkte ich erst, als es zu spät war. Der Knall ließ mich zusammenfahren. Ich drehte mich so schnell herum, dass ich mit dem Knie gegen den Couchtisch stieß. Das leere Whiskeyglas fiel zu Boden, und die Tasse ergoss ihren Inhalt über die Tageszeitung.

»Verfluchter Mist«, brummte ich. Ich hatte das geöffnete Küchenfenster vergessen. Der Luftzug hatte die Wohnzimmertür mit einem lauten Knall ins Schloss fallen lassen.

Vorsichtig zog ich die noch nicht von dem Kaffeerest betroffenen Schreiben unter der Zeitung hervor. Ich stutzte. Es waren Mahnschreiben mehrerer Banken. Jochen hatte anscheinend Kredite bei drei Instituten in einer Höhe aufgenommen, die selbst einem wohlhabenden Mann schlaflose

Nächte bereitet hätte, geschweige denn einem kleinen Amtsrichter. Mein alter Freund war nicht nur pleite, sondern hoch verschuldet. Sogar seine Pension hatte er als Sicherheit verpfändet. Warum brauchte er so viel Geld? Ich legte die Dokumente sorgfältig auf die Kommode neben dem Fernseher. Dann faltete ich die durchnässte Zeitung zusammen, verstaute sie neben den Futterdosen in dem Einkaufskorb und verließ die Wohnung – nachdem ich das Küchenfenster verriegelt hatte.

7

In jedem Beruf entwickelt sich mit der Zeit eine ganz bestimmte Sprache, ein Jargon, den nur Eingeweihte verstehen. Bei Gericht ist das nicht anders. Hinter der ›GefKV‹ verbirgt sich die gefährliche Körperverletzung, ›KiPo‹ und ›JuPo‹ bezeichnen Straftaten, die den Besitz kinder- und jugendpornografischer Schriften betreffen. Der Angeklagte in meiner letzten Gerichtsverhandlung an diesem Tag war ein sogenannter LaDi – klingt lustig, ist aber nur ein simpler Ladendiebstahl, meistens begangen von einem Junkie oder einem Trinker, der nur eine Kleinigkeit stiehlt. Ein paar Lebensmittel, auch schon mal Zigaretten oder Schnaps, früher nannte man es Mundraub. So war es auch bei Rüdiger, der jetzt neben meinem alten Freund, Rechtsanwalt Bollmann, auf der Anklagebank saß. Rüdiger und ich kannten uns seit fast fünfzehn Jahren, und so verlief die Gerichtsverhandlung etwas anders, als es Robin Bukowsky erwartet hatte, die seit heute Morgen im Zuschauerraum saß und nach meiner Schätzung mindestens einen ganzen Collegeblock vollgeschrieben hatte.

»Rüdiger, wie geht es dir? Du siehst gut aus!«

Rüdiger hatte die letzten achteinhalb Wochen im Knast verbracht. Für mich sowie für die meisten Menschen eine erschreckende Vorstellung, für Rüdiger drei Mahlzeiten täglich, ein warmer und trockener Schlafplatz und eine medizinische Grundversorgung.

»Danke, Herr Richter! Wieder besser!«

»Wie viel hast du zugenommen? Fünf, sechs Kilo?«

»Fast acht«, lächelte Rüdiger stolz. »Essen ist gut im Knast.«

»Und was macht das Knie? Du humpelst gar nicht mehr.«

»War der Meniskus, Herr Richter. Haben die gut wieder hinbekommen. Fast keine Schmerzen mehr.«

»Freut mich, Rüdiger!« Ich blätterte in der Akte. »Und was die Anklage betrifft …«

»Ist mit meinem Mandanten vorbesprochen, Herr Vorsitzender«, schaltete sich Rechtsanwalt Bollmann ein. »Es stimmt so, wie es in der Anklage steht.«

Rüdiger nickte eifrig. »Genau. Stimmt so, Herr Richter.«

Ich blickte hinüber zum Tisch der Staatsanwaltschaft. Frau Staatsanwältin Klein, die heute die Anklage vertrat, grinste. »Na, wenn's so stimmt … Dann habe ich auch keine Fragen mehr.«

Rüdiger erhielt eine kurze Freiheitsstrafe, die zur Bewährung ausgesetzt wurde. Er hatte lange genug im Knast gesessen für die paar Lebensmittel.

Bevor Rüdiger zufrieden den Saal verließ, drehte er sich noch einmal in meine Richtung um. »Ich verspreche auch, nicht mehr zu klauen.«

»Ja nee, is klar«, brummte ich.

Rüdiger zuckte mit den Schultern und lächelte verlegen. »Na ja …«

»Du könntest ihm wenigstens versprechen, in Zukunft ein bisschen vorsichtiger zu klauen«, schlug Rechtsanwalt Bollmann vor und machte dabei ein übertrieben ernstes Gesicht.

Rüdiger kratzte sich am Kopf.

»Das ist schwierig. Ich bin kein guter Dieb.«

»Ach, sag bloß! Deshalb habe ich dich heute zum fünfundzwanzigsten Mal verurteilt«, seufzte ich. »Also mach, dass du rauskommst. Alles Gute.«

Rüdiger nickte. »Danke, Herr Richter! Bis bald.«

Ich musste lachen. »Ja, das befürchte ich auch.«

»Haben Sie noch Fragen, Frau Bukowsky?«

Die Journalistin hatte an dem kleinen Besprechungstisch in meinem Büro Platz genommen. Ich zog die weiße Krawatte aus und hängte sie gemeinsam mit meiner Robe auf einen Kleiderbügel in den schmalen Schrank hinter dem Schreibtisch.

»Ja.« Sie lehnte sich auf ihrem Stuhl zurück. »Sie haben den Ruf, ein Hardliner zu sein. Ein Falke.«

»Wer behauptet das denn?«

»Einige Ihrer Kollegen vom Landgericht.«

»Sie haben sich über mich erkundigt?«

Die Journalistin überging meine Gegenfrage mit einem charmanten Lächeln und blickte mich selbstsicher an.

»Ich möchte Sie etwas fragen, Frau Bukowsky: Nehmen

wir an, ein Mensch begeht ein Verbrechen. Sollte er dafür belohnt oder bestraft werden?«

Die Reporterin machte ein verwirrtes Gesicht. »Ich verstehe nicht … bestraft natürlich!«

»Dann sind Sie in den Augen meiner Kollegen ebenfalls ein Hardliner.«

»Ihre Kollegen meinten auch, es würde Ihnen Spaß machen, Menschen einzusperren.«

»Das sind Spinner.«

»Wir reden hier von vorsitzenden Richtern am Landgericht!«

»Also gut, dann sind es beförderte Spinner.«

Ich nahm gegenüber der Journalistin an dem kleinen Tisch Platz.

»An dem Tag, an dem es mir Spaß macht, Menschen einzusperren, quittiere ich den Dienst.« Ich machte eine Pause, dann erklärte ich: »Es gibt im Großen und Ganzen drei Typen von Straftätern. Die erste Gruppe hat einfach mal Pech gehabt. Das sind die Menschen, die wegen irgendeiner Fahrlässigkeit vor Gericht stehen. Fahrlässige Körperverletzung, fahrlässige Brandstiftung, auch fahrlässige Tötung. Die zweite Gruppe hat oft und viel Pech gehabt. Junkies, die dealen oder stehlen, um sich den nächsten Schuss setzen zu können. Alkis, die ein paar Lebensmittel klauen, wie Rüdiger. Mit diesen beiden Gruppen habe ich Mitgefühl. Und dann gibt es die Gruppe der Arschlöcher. Vergewaltiger, Messerstecher oder Großdealer, die selbst nicht abhängig sind. Bei dieser Gruppe hält sich mein Mitgefühl zugegeben in Grenzen.«

Frau Bukowsky hörte aufmerksam zu und machte sich Notizen. Dann nickte sie und lächelte mich an.

»Also doch kein Hardliner?«

Ich schüttelte amüsiert den Kopf. »Weich wie ein Kaugummi.«

8

Das Edelrestaurant in der alten Wasserburg nutzte Alexander Laak vor allem für die Treffen mit seinen Parteifreunden. Heute jedoch gab es für den Ministerpräsidenten ein familiäres Problem zu klären. Ungeduldig sah er seinen Sohn Jeremias an, der seit einer geschlagenen Viertelstunde die aus nur zwei Seiten bestehende Speisekarte studierte und dabei mittlerweile den dritten Prosecco Smash inhalierte.

»Also«, fragte Laak durch die zusammengepressten Zähne. »Was nimmst du?«

Jeremias seufzte gelangweilt.

»Dasselbe wie du.« Er trank den Rest seines Glases in einem Zug aus. »Und noch einen hiervon.«

Die Ähnlichkeit zwischen Vater und Sohn war gut zu erkennen. Jeremias war etwas größer und schlanker und hatte fülligere Haare, jedoch dasselbe Kinn und den gleichen etwas dümmlichen Gesichtsausdruck. Während sein Vater jedoch wie üblich einen dunklen Anzug mit dezenter Krawatte trug, bevorzugte Jeremias einen auffälligeren Kleidungsstil. Handgefertigte Schuhe aus Pferdeleder, helle Chinos, maßgeschneidertes Hemd und eine hellbraune Lederjacke eines namhaften Designers. An seinem linken Handgelenk glitzerte eine goldene Rolex im Wert eines gehobenen Mittelklassewagens.

Der aufmerksame Oberkellner trat an ihren Tisch.

»Die Herren haben gewählt?«

Laak bestellte für sich und seinen Sohn. Der Kellner nahm die Speisekarten und verneigte sich höflich.

»Sehr gern, Herr Ministerpräsident!«

Als er sich bereits einige Schritte entfernt hatte, schnippte Jeremias mit den Fingern.

»Ey, Moment!«

Die Gäste an den anderen Tischen drehten sich herum, und der Oberkellner kam mit schnellen Schritten zurück.

»Bitte?«

»Noch einen hiervon!«, sagte Jeremias, ohne den Kellner eines Blickes zu würdigen. Stattdessen hielt er ihm das leere Glas vor die Nase.

»Sehr gern«, erwiderte der Kellner höflich, nahm das Glas entgegen und entfernte sich wieder.

»Trink nicht so viel!«, ermahnte Laak seinen Sohn. »Und sprich etwas leiser.«

Jeremias zuckte gleichgültig mit den Schultern, zog sein neues Smartphone aus der Brusttasche und las seine neuesten Nachrichten.

»Pack das weg!«, befahl Laak seinem Sohn. »Ich habe mit dir zu reden!«

Jeremias blickte nicht von seinem Handy hoch.

»So? Worüber?«

»Über die WIP.«

Jeremias war immer noch in das Display des Smartphones vertieft.

»Was gibt es da zu reden?«

»Die sind pleite! Haben Insolvenz angemeldet. Einige Zeitungen sprechen schon von Betrug! Sogar die Staatsanwaltschaft ist an der Sache dran.«

»Und?«

»Was *und*? Habe ich dir nicht gesagt, du sollst die Finger davon lassen?«

Jeremias blickte seinen Vater an.

»Das war eine schnell verdiente Provision. Ich habe doch nur den Gutachter für die Grundstücksbewertung vermittelt. Derselbe, der uns damals das Gutachten für die Deponie geschrieben hat.«

Auf der ehemaligen Deponie war eine Kindertagesstätte errichtet worden, nachdem ein Gutachten das Grundstück für unbedenklich erklärt hatte. In der Folgezeit erkrankten einige der Kinder an Leukämie.

»Ach ja?« Laak griff in die Innentasche seines Jacketts, holte ein Foto hervor und legte es auf den Tisch. »Und was ist das?«

»Ein Foto«, antwortete Jeremias gelangweilt.

»Ja. Mit dem Geschäftsführer von WIP, diesem verrückten Russen. Und mit dir im Hintergrund!« Laak tippte mit dem Zeigefinger auf das Foto.

»Und wenn schon!«, erwiderte Jeremias.

»Und wenn schon? In weniger als einem Jahr sind Wahlen! Mann, wenn das herauskommt! Dieser Russe hat vermutlich

Anlegergelder von mehr als dreißig Millionen Euro veruntreut. Und du …« Laak unterbrach seine Predigt, als der Oberkellner den vierten Prosecco Smash für seinen Sohn an den Tisch brachte.

»Und du hast ihm dabei geholfen«, fuhr er mit unterdrückter Stimme fort, nachdem sich der Kellner wieder entfernt hatte.

»Na und?«, konterte Jeremias. »Hast du nicht mal gesagt, Gesetze interessieren dich nicht?«

»Gesetze interessieren mich einen Scheiß!«, zischte Laak. »Aber die Presse interessiert mich. Der Shitstorm, der mir die Wahl versaut, interessiert mich!«

Jeremias zog es vor zu schweigen und nahm einen großen Schluck aus dem hohen schmalen Glas. Laak steckte die Fotografie wieder ein und beruhigte sich ein wenig.

»Muss ich etwas unternehmen?«, fragte er seinen Sohn direkt.

Jeremias überlegte. »Es wäre vielleicht gut, wenn dein Freund Paul der Staatsanwaltschaft klarmacht, nicht ganz so eifrig zu ermitteln.«

Laak schnaubte. »Pff! Mein Freund Paul.«

»Warum nicht Paul Seemann? Er hat uns damals doch auch bei meinem Führerschein geholfen.«

Jeremias Laak war kein besonders guter Autofahrer. Sein regelmäßiger Alkoholgenuss machte es nicht besser. Vor einigen Jahren war er mit einer dreizehnjährigen Fahrradfahrerin kollidiert, die dabei eine üble Gehirnerschütterung davontrug. Jeremias hatte es mit der Angst bekommen und Fersengeld gegeben.

»Das war eine einfache Fahrerflucht. Hier geht es um über dreißig Millionen Euro! Da kann der Justizminister nicht so einfach Anweisungen erteilen, ohne dass es auffällt!«

Der Oberkellner servierte routiniert die Vorspeise. Entenrillette mit Meerrettichcreme und frischem Briochebrötchen, dazu Feldsalat mit karamellisierten Pistazien und Gran Padano.

»Vielleicht könnte ich …«, begann Jeremias, als sich der Kellner entfernt hatte.

»Du könntest gar nichts!«, unterbrach Laak seinen Sohn. »Halt die Füße still!« Er stopfte sich grobschlächtig ein Stück Brötchen in den Mund und kaute. »Ich regele das!«

9

Ich hasse Beerdigungen. Fast ebenso sehr wie Hochzeiten. Zuletzt hatte mich die Beisetzung von Fredi Diepenberg, einem Junkie und anständigen Menschen, dem ich viel zu verdanken hatte, auf den Friedhof der Südstadt geführt. Heute erwies ich meinem alten Mentor die letzte Ehre.

Viele Trauergäste hatten sich bereits um das Grab gedrängt. Ehemalige Richterkollegen, Staatsanwälte, Verteidiger und Polizisten. Vereinskameraden, Angler und Jäger. In der vorderen Reihe standen Jochens Schwester Kathrin und ihre Familie mit Ausnahme der Enkel. Sie hatten mich vorhin kurz begrüßt. Jetzt hatte ich mich in die hinterste Reihe neben meinen alten Freund Staatsanwalt Ulrich Nussbaum gestellt. Uli und Jochen hatten sich seit über dreißig Jahren gekannt.

»Warum?« Uli sprach mehr zu sich selbst, den Blick weiter nach vorn gerichtet.

»Ich weiß es nicht.« Nach einem kurzen Augenblick fügte ich hinzu. »Noch nicht.«

Uli drehte den Kopf in meine Richtung. »Was meinst du damit?«

Ich berichtete leise und mit knappen Worten, was ich von Kathrin erfahren und in Jochens Wohnung zufällig entdeckt hatte. Der Blick des Staatsanwalts wurde immer fragender.

»Jochen? Verschuldet? Ich kenne …« Uli schluckte. »… kannte Jochen seit mehr als dreißig Jahren. Er hatte noch nie Geldsorgen. Wofür soll er einen Kredit in dieser Höhe aufgenommen haben?«

Darüber hatte ich ebenfalls in den letzten Tagen nachgedacht.

»Wofür hast du jemals eine vergleichbare Summe ausgegeben?«

»Ich?« Uli blickte mich verwirrt an. »Noch nie. Du und ich haben dieselbe Gehaltsstufe, Siggi. Und das ist wiederum die gleiche, die auch Jochen hatte. Solche Beträge geben wir nicht aus.«

»Doch. Oder wurde dir das Haus, in dem du lebst, geschenkt?«

Uli verstand. »Du glaubst, Jochen wollte ein Haus kaufen?«

»Wohnung, Haus, Grundstück. Etwas in der Größenordnung.«

Die Trauergäste sprachen ein Vaterunser. Dann wurde der Sarg in das frische Grab hinabgelassen. Langsam setzte sich der Zug der Trauergäste in Bewegung und passierte die Ruhestätte. Einige legten Blumen nieder. Uli und ich folgten schweigend der langen Reihe. Gemeinsam verharrten wir einen Moment vor dem offenen Grab.

»Nur wäre ein solcher Kredit kein Grund, sich … du weißt schon«, sagte Uli, als wir schließlich in Richtung des Ausgangs gingen. »Die sind doch abgesichert durch Hypotheken oder Grundschulden.«

Darüber hatte auch ich mir den Kopf zerbrochen.

»Ich weiß.«

Als wir den Parkplatz am Haupteingang erreichten, waren die meisten Trauergäste bereits verschwunden. Uli schloss die Tür seiner Limousine auf und verabschiedete sich. »Wir müssen mal wieder zusammen essen gehen. Bis bald, Siggi!«

Mein SUV stand einige Meter weiter. Ich hörte, wie Uli den Motor anließ und losfuhr. Als er an mir vorbeifuhr, stoppte er.

»Ach, Siggi!« Uli sprach durch das geöffnete Fenster der Fahrerseite. Ich beugte mich hinunter. »Unsere Pressesprecherin hat mir erzählt, dass sich jemand für das Verfahren gegen Ayaz interessiert hat.«

Meine Nackenhaare stellten sich auf. »Weißt du, wer?«

Uli schüttelte den Kopf. »Keine Ahnung. Sie hat es heute Morgen zwischen Tür und Angel erwähnt. Ich frage mal vorsichtig nach und sage dir Bescheid.« Er nickte mir zu und fuhr los.

Ich spürte eine leichte Panik in mir aufsteigen. Die Macht des schlechten Gewissens. Des schlechten Gewissens eines Mörders. Ich atmete tief durch. Es konnte hundert Möglichkeiten geben, weshalb die Presse sich plötzlich wieder für den Fall Ayaz interessierte. Und meine Beteiligung an seinem Ableben war mit Sicherheit die unwahrscheinlichste.

10

Die Staatsanwaltschaft ist in einem hässlichen Zweckbau der späten Siebzigerjahre in der Nähe des Hauptbahnhofs untergebracht. Und wie bei fast allen Justizgebäuden ist der dazugehörige Parkplatz völlig unterdimensioniert, sodass die meisten Mitarbeiter ihre Fahrzeuge in den angrenzenden Wohngebieten abstellen müssen.

Es war bereits nach Mittag, als Uli Nussbaum von der Beerdigung zurückkehrte. Er versuchte daher gar nicht erst, einen Parkplatz vor dem Justizgebäude zu finden, sondern parkte bei einem nahe gelegenen Supermarkt. Wenige Minuten später betrat der Staatsanwalt das Bürogebäude durch den Haupteingang und grüßte die Wachtmeister, die den Zugangsbereich sicherten. Mit dem Fahrstuhl fuhr er hinauf in den dritten Stock, in dem auch sein kleines Büro untergebracht war. Gerade wollte er seine Zimmertür aufschließen, als er die Stimme seiner Kollegin Isar Bach, der Pressesprecherin der Staatsanwaltschaft, hörte. Isar arbeitete wie so häufig bei geöffneter Bürotür und telefonierte offensichtlich momentan mit einem Reporter.

»… Nein, das kann ich Ihnen leider auch nicht sagen, die Ermittlungen haben gerade erst begonnen.«

Uli stellte sich in die geöffnete Bürotür und winkte Isar zu. Isar erblickte Uli, deutete mit dem Zeigefinger auf den Hörer in ihrer anderen Hand und verdrehte die Augen. Ihr Gesprächspartner ließ anscheinend nicht locker.

»Ja natürlich, sobald der Abteilungsleiter aus dem Urlaub zurückkehrt, gebe ich Bescheid … sehr gern … Ihnen auch … Wiederhören.« Sie legte den Hörer auf die Gabel und schnaufte. Isar war Ende zwanzig, hatte lange blonde Haare und ein entwaffnendes Lächeln. Eine Art Charlize Theron der Justiz.

»Hallo, Uli!«, sagte sie freundlich und fügte mit ernsterem Gesicht hinzu: »Beerdigung gut überstanden?«

»War ja nicht meine eigene«, erwiderte Uli. »Du hast Jochen nicht mehr kennengelernt, oder?«

Isar schüttelte den Kopf. »Als ich eingestellt wurde, war er schon pensioniert.«

Uli deutete auf das Bürotelefon. »Hast du Stress?«

»Ein bisschen«, lächelte Isar. »Die WIP-Geschichte.«

Uli überlegte. »Ach ja. Da stand vor einigen Tagen was in der Zeitung. Die Grundstücksgesellschaft, die Insolvenz angemeldet hat.«

Isar nickte. »Genau. Die Abteilung für Wirtschaftsstrafsachen ist an der Sache dran. Es scheint ein Betrug in zweistelliger Millionenhöhe zu sein. Möglicherweise steckt die russische Mafia dahinter. Seit gestern Abend läutet alle fünf Minuten das Telefon.« Kaum hatte sie den Satz beendet, ertönte das Klingelzeichen des Büroapparates. »Siehst du«, grinste die Pressesprecherin.

»Dann lass dich nicht stören! Bis später!« Uli wollte schon wieder gehen.

»Ach was! Du störst nicht! Ich freue mich über etwas Abwechslung«, erwiderte die junge Staatsanwältin. »Kann ich etwas für dich tun?«

Uli nutzte die Gelegenheit. »Ja, ich bin neugierig. Du hast heute Morgen erzählt, es habe eine Presseanfrage zu dem Fall Ayaz gegeben.«

Isar nickte. »Stimmt. Hat mich auch gewundert. Ich dachte, mit seinem Tod wäre das Verfahren für die Presse erledigt. Aber der Reporter hat sich ausdrücklich nach dem Verfahren gegen Ayaz erkundigt. Nicht nach dem Mordverfahren gegen Yildiz.«

»Das ist in der Tat seltsam«, stimmte Uli zu. »Kanntest du den Journalisten?«

»Nein. Irgendein freier Reporter. Per E-Mail. Ich habe noch nicht geantwortet. Ich hatte keine Zeit wegen …« Wieder klingelte das Bürotelefon. Isar fletschte übertrieben ihre weißen Zähne und zeigte auf den Apparat. »… wegen dem da!« Mit einem gehauchten »Sorry!« in Ulis Richtung nahm sie den Hörer ab. »Staatsanwaltschaft, Sie sprechen mit Isar Bach, was kann ich für Sie tun?«

Uli winkte Isar zu und verließ das Büro der Pressesprecherin. In seinem eigenen Zimmer angekommen, schloss er die Bürotür und griff zum Telefonhörer.

11

Buckmann, guten Tag?«, sprach ich in den Hörer meines Bürotelefons, dessen Anzeige wieder einmal gestört war, sodass das Display statt der Nummer des Anrufers nur »XXX« anzeigte.

»Ich bin's!«, hörte ich die vertraute Stimme von Uli. »Ich habe gerade mit Isar Bach gesprochen. Es war ein freier Reporter, der sich nach dem Verfahren gegen Ercan Ayaz erkundigt hat.«

»Hast du einen Namen?«

»Nein. Isar sagte nur, dass er eine E-Mail geschrieben hat. Sie hat aber noch keine Zeit gefunden, ihm zu antworten. Isar ist ein wenig gestresst wegen der WIP-Geschichte.«

»WIP? Sagt mir nichts.«

»Du solltest wirklich öfter mal Zeitung lesen, Siggi! Das bildet.«

»Ich muss nicht gebildet sein. Ich bin Richter. Damit würde ich im Kollegenkreis nur unangenehm auffallen.«

Uli lachte.

»Lässt du mich jetzt an deiner Bildung teilhaben, oder muss ich dumm sterben?«

»Ich will mal nicht so sein«, antwortete Uli großzügig. »WIP steht für We improve property. Ach so, du bist ja Richter. Also, das bedeutet: Wir verbessern Grundstücke.«

»Danke, das hätte ich sogar noch hinbekommen«, entgegnete ich. »Weiter bitte!«

»Es ist eine Gesellschaft, die sich darauf spezialisiert hat, Gewerbeimmobilien zu kaufen, sie dann zu sanieren und zu restaurieren und anschließend mit Gewinn zu verkaufen. Anfang der Woche hat die WIP Insolvenz angemeldet. Und fast zu derselben Zeit ist bei der Staatsanwaltschaft ein Verfahren gegen die Betreiber eingeleitet worden. Sie stehen im Verdacht, Anlegergelder in oberer zweistelliger Millionenhöhe veruntreut zu haben. Das stand auch alles in der Zeitung am Montag, und darum …«

»Moment«, unterbrach ich meinen Freund. »Wann stand das in der Zeitung?«

»Am Montag. Glaube ich.«

»Glaubst du, oder weißt du?«

»Sicher bin ich mir nicht. Warum ist das wichtig?«

»Ich melde mich gleich noch mal«, sagte ich und legte den Hörer auf, ohne eine Antwort abzuwarten.

Ich griff nach dem Autoschlüssel, der neben meiner Computertastatur lag, und stürzte aus meinem Büro. Ich war so in Eile, dass ich auf dem Flur beinahe eine junge Kollegin über den Haufen gerannt hätte. »Sorry, muss zu meinem Auto«, rief ich und sprang die Treppe hinab.

Seit über vier Jahren lebten meine Ehefrau Britta und ich

glücklich getrennt. Ich vermisste sie sehr. Was ich allerdings überhaupt nicht vermisste, war ihre Ordnungsliebe. Ich war ein kleiner Schlamper. Diese Eigenschaft hatte ich an meine Töchter Kiana und Ronja vererbt, was Britta früher regelmäßig zur Weißglut gebracht hatte. Doch diese Eigenschaft hatte auch Vorteile. Redete ich mir ein. Und an jenem Tag sollte ich recht behalten. Am Montag hatte ich in Jochens Wohnung eine halb volle Kaffeetasse über die Tageszeitung gekippt. Die Zeitung lag dann zunächst in dem Korb mit dem Hundefutter. Bevor ich diesen Jochens Schwester überreichte, legte ich die Kaffeezeitung in den Fußraum meines Autos vor den Beifahrersitz. Dort lag sie noch immer. Warm und mittlerweile trocken. Und sie verströmte einen herrlichen Geruch nach meinem Lieblingsgetränk. Besser als jeder Duftbaum.

Mein SUV stand in dritter Reihe auf dem viel zu kleinen Gerichtsparkplatz und verhinderte, dass ein Rechtspfleger, zwei Richter und mindestens drei Geschäftsstellen ihre Fahrzeuge entfernen konnten. Ich öffnete die Beifahrertür und holte die Tageszeitung mit dem großen Kaffeefleck aus dem Fußraum. Rasch überflog ich die Titelseite. Lange suchen musste ich nicht. »WIP insolvent – Anlegergelder in Millionenhöhe veruntreut?« Der Artikel unter der Überschrift verriet das, was mir Uli bereits erklärt hatte. Die Gesellschaft hatte vorgegeben, mit Anlegergeldern fast wertlose Gewerbeimmobilien zu kaufen, zu sanieren und mit Gewinn wieder zu verkaufen. Die Anleger sollten ihr Geld und eine saftige Gewinnbeteiligung erhalten. An und für sich kein schlechtes Geschäftsmodell. Die Betreiber hatten jedoch ein noch sehr viel lukrativeres gefunden: Anstatt die Anlegergelder für Bau- und Sanierungsmaßnahmen zu verwenden, transferierten sie sie über Drittgesellschaften auf irgendwelche Offshore-Konten in die Karibik. Was blieb, waren faktisch wertlose Grundstücke und Anleger, die ihr gesamtes Vermögen verloren hatten.

Diese Zeitung hatte Jochen am Montagmorgen gelesen, nur wenige Stunden bevor er … Hatte sich mein alter Mentor an der WIP beteiligt? Das würde seine hohen Schulden erklären. Und es könnte ein Motiv gewesen sein. Für den Whiskey am Morgen. Und alles Weitere.

Ich faltete die Zeitung wieder zusammen, schloss die Wagentür und kehrte langsam und grübelnd zurück in das Gerichtsgebäude. Als ich das erste Stockwerk erreichte, begrüßte mich eine vertraute Stimme.

»Das scheint zur Gewohnheit zu werden.«

12

Robin Bukowsky lehnte lässig an der Fensterbank vor meiner Bürotür, wie bei unserer ersten Begegnung.

»Was scheint zur Gewohnheit zu werden?«, fragte ich etwas verwirrt.

»Dass Sie zu spät zu unseren Verabredungen kommen.« Die Journalistin grinste frech und fügte hinzu: »Ich habe Sie schon in Ihrem Büro gesucht.«

»Und? War ich nicht da?«

Sie lachte herzhaft. »Jedenfalls habe ich Sie nicht gesehen.«

»Kaffee?«, fragte ich, nachdem wir mein Büro betreten hatten, und deutete auf meinen neuen Vollkaffeeautomaten, der den Platz seines Vorgängers auf dem alten Aktenbock in der Wandnische eingenommen hatte. Die Journalistin nickte freundlich und setzte sich an den Besprechungstisch. Dann holte sie Aufnahmegerät, Block und Stift aus dem kleinen Lederrucksack und wartete, während ich den Kaffee zubereitete.

Frau Bukowsky hatte mich um ein Insiderinterview gebeten und hoffte auf einige Zitate, die sie in ihrem Buch verwenden konnte.

Sie nippte an ihrer Kaffeetasse und schaltete das Aufnahmegerät ein. »Also dann. Kann es losgehen? Bitte sagen Sie immer ganz spontan, was Sie denken.«

Ganz spontan dachte ich, dass dies keine gute Idee war, und nahm mir vor, meine spontanen Gedanken spontan zu entschärfen. »Schießen Sie los!«

»Immer mehr Frauen treten in den Richterdienst ein. Befürchten Sie eine Verweiblichung der Justiz?«

Was heißt befürchten. Es gibt zu viele männliche Richter ohne Eier, da schaden ein paar Frauen mit Eiern bestimmt nicht.

»Meine Kolleginnen machen ihren Richterjob mindestens ebenso gut wie meine Kollegen, daher halte ich diese Befürchtung für unbegründet.«

Die Journalistin machte eine Notiz.

»Was braucht man als Richter, um in der Justiz Karriere als Direktor oder Präsident zu machen?«

Einen Jahresvorrat an Vaseline und eine Vorliebe für rektale Körperöffnungen.

»Vor allem ein umfassendes Verständnis für das hierarchische Gefüge innerhalb der Gerichtsverwaltung.«

Wieder fanden ein paar Stichworte Einzug in den Collegeblock.

»Gegenwärtig bestehen Bestrebungen, mehr Political Correctness bei der Formulierung von Gesetzen einzubringen. Was halten Sie davon?«

Wie soll ich dann zukünftig Menschen nennen, die Marihuana rauchen? Nicht mehr Kiffer, sondern People of Cannabis? »Political Correctness birgt die Gefahr, dass unsere

Sprache, das wichtigste Mittel der Verständigung vor Gericht, unverständlich wird. Viele Gesetze sind bereits jetzt kaum verständlich formuliert. Das sollte nicht zusätzlich verschlimmert werden.«

»Warum sind Sie Richter geworden, Herr Buckmann?«

Das fragte ich mich in den letzten Jahren auch immer öfter. Jugendlicher Leichtsinn? Geistige Umnachtung?

»Aus Idealismus. Ein Idealismus, der trotz der langjährigen Ernüchterung durch die vielen Probleme in der Justiz immer noch irgendwo vorhanden ist.«

»Haben Sie schon mal eine Straftat begangen?«

Witzig, dass Sie das fragen! Ja, einen Mord in mittelbarer Täterschaft an einem örtlichen Drogenchef. Das ist erst ein paar Wochen her.

»Als kleiner Junge habe ich einmal einen Apfel aus dem Garten eines Nachbarn gestohlen.«

Frau Bukowsky schaltete das Aufnahmegerät mit zufriedenem Gesicht aus und steckte es zurück in den Rucksack.

»Das war es schon?«, fragte ich.

Die Journalistin nickte. »Fast. Eine letzte Frage: Haben Sie heute Abend schon was vor?«

Hä?

»Bitte?«

»Ich möchte Sie als Dankeschön zum Abendessen einladen. Sieben Uhr?« Mit einem frechen Grinsen fügte sie hinzu: »Aber dieses Mal bitte pünktlich!«

13

Karsten blickte auf die Uhr des Armaturenbretts und fluchte leise. Schon fast halb sieben. Für sechs Uhr hatte er sich mit seinem Informanten verabredet. Und jetzt saß er schon seit einer geschlagenen Dreiviertelstunde mit ausgeschaltetem Motor in seinem Auto auf dem Parkplatz des Sees. Im Sommer war um diese Zeit Hochbetrieb, aber jetzt, Ende Oktober, war sein Fahrzeug das einzige auf der mit einer Kiesschicht befestigten Fläche. Karsten prüfte noch einmal die Batterie seines Aufnahmegerätes. Dann blickte er auf sein Handy. Noch immer kein Empfang. An Internetsurfen oder E-Mail-Check war nicht zu denken.

In Gedanken ging Karsten die Fragen durch, die er seiner Quelle stellen wollte. Die Story war heiß. Vielleicht zu heiß für die traditionellen Medien. So kurz vor den Bundestagswahlen würden die wenigsten Chefredakteure riskieren, sich die Finger zu verbrennen. Schon gar nicht bei den öffentlich-rechtlichen Sendern. Aber es gab auch andere Wege, einen Beitrag zu veröffentlichen … Ein Lichtschein, der durch die Bäume am anderen Ende des Platzes schimmerte, riss den

Journalisten aus seinen Gedanken. Karsten sah die beiden Scheinwerfer eines Fahrzeugs, das auf den Parkplatz einbog. Na endlich, dachte er erleichtert. Der Reporter hatte bereits befürchtet, seine Quelle hätte ihn versetzt. Karsten griff nach dem Aufnahmegerät und wollte gerade die Tür öffnen, als ein weiteres Scheinwerferpaar auf den Parkplatz fuhr. Und noch eins. Insgesamt drei Autos, die offensichtlich zusammengehörten. Karsten überlegte. Das musste nicht unbedingt etwas mit seiner Anwesenheit zu tun haben. Vielleicht waren es ein paar Dealer, die ungestört ein Drogengeschäft an dem einsamen Platz abschließen wollten. Oder Freunde der örtlichen Tuningszene. Gerade als er beschlossen hatte, den Fahrzeugen keine Beachtung zu schenkten, reihten sich die Autos nebeneinander auf, sodass sie eine gemeinsame Front bildeten, und kamen langsam näher. Meter für Meter. Als die Wagen noch etwa fünfzig Meter entfernt waren, schalteten sie fast zeitgleich das Fernlicht ein. Karsten wurde geblendet und hob schützend die Hand vor die Augen. Dann reagierte er blitzschnell. Mit der linken Hand griff er zum Gurt und startete gleichzeitig mit der rechten den Motor. Er trat aufs Gas und der Wagen schoss los. Die schnelle Reaktion überraschte die anderen Fahrer, sodass es ihm gelang, an den schwarzen SUVs vorbeizufahren. Der Reporter warf einen flüchtigen Blick in das Innere des Fahrzeugs, das ihm am nächsten war, und erkannte drei Personen, deren Gesichter jedoch im Schatten versteckt waren.

Karsten preschte mit Höchstgeschwindigkeit auf die Ausfahrt des Parkplatzes zu. Trotz des Kiesbelags blieb sein Wagen gut in der Spur, der Vorteil eines Allradantriebs. Als er die Ausfahrt erreichte, sah Karsten im Rückspiegel, dass die drei SUVs ebenfalls wendeten und die Verfolgung aufnahmen.

Der Journalist überlegte. Er kannte sich in der Gegend nicht aus. Er würde die Strecke zurückfahren, die er gekommen war. Eine einsame Landstraße, überwiegend von Wald umgeben. Die nächste Ortschaft lag etwa fünfzehn Minuten entfernt. Ein langer Weg. Karsten lenkte seinen Wagen auf die Landstraße und trat das Gaspedal durch. Ein Blick in den Außenspiegel etwa einen Viertelkilometer weiter verriet ihm, dass seine Verfolger mittlerweile ebenfalls in die einsame Landstraße eingebogen waren. Der Asphalt war feucht und an vielen Stellen beschädigt. Die hohen Kiefern links und rechts des Weges nahmen auch das letzte bisschen Tageslicht. Karsten hielt das Lenkrad mit beiden Händen fest umschlossen, den Fuß weiter auf dem Gaspedal und die Augen wachsam auf die Straße gerichtet. Nur ab und zu wagte er einen kurzen Blick in den Rückspiegel und musste zu seinem Entsetzen feststellen, dass seine Verfolger langsam, aber sicher näher kamen. Meter für Meter. Nach etwa zwei Minuten hatten sie ihn so weit eingeholt, dass Karsten den Umriss der Personen im vordersten Fahrzeug in seinem Rückspiegel erkennen konnte. Kurz darauf ruckte es heftig, und der Kopf des Journalisten wurde gegen die Kopfstütze des Sitzes geschleudert. Das Knirschen von Plastik und Metall verriet, dass seine Verfolger sein Fahrzeug gerammt hatten. Der Wagen drohte auszubrechen. Karsten musste stark ins Lenkrad greifen, um nicht von der Straße abzukommen. Ein zweiter Anstoß folgte. Und ein dritter. Dann scherte einer der Verfolger aus und versuchte, Karsten zu überholen. Entschlossen steuerte der Reporter das Fahrzeug auf die linke Spur und zwang den Verfolger, das Überholmanöver abzubrechen. Doch sofort nutzte das SUV, das ihn zuvor gerammt hatte, die entstandene Lücke und setzte sich rechts neben sein Fahrzeug. Nebeneinander und mit Höchstgeschwindigkeit fuhren sie in eine lang gezogene Rechtskurve. Plötzlich tauchten in der Dunkelheit zwei Scheinwerfer auf, die sich schnell näherten. Karsten versuchte, wieder auf die rechte Spur zu fahren, um eine Kollision zu vermeiden, und prallte an den neben ihm fahrenden Verfolger, der jedoch gegensteuerte. Das Karsten entgegenkommende Fahrzeug blinkte mit dem Fernlicht auf, Karsten hörte ein wildes Hupen. Um einen Zusammenstoß zu verhindern, trat er auf die Bremse und riss das Steuer nach links. Der Wagen schoss über die Fahrbahnbegrenzung hinaus, kollidierte vorne links mit einem Baumstumpf und überschlug sich. Für Karsten geschah alles wie in Zeitlupe. Er spürte, wie sein Kopf zuerst gegen die Glasscheibe der Fahrertür schlug und dann mit dem Gesicht auf den sich auslösenden Airbag. Der Gurt straffte sich über seiner Brust und raubte ihm die Luft. Dann wurde ihm schwarz vor Augen. Als der Wagen zum Stillstand kam, hatte der Reporter schon fast das Bewusstsein verloren. Das Letzte, was er spürte, war eine warme Flüssigkeit, die entlang der Stirn über seine Augen lief. Dann war alles still.

14

Ich parkte den SUV vor dem dreistöckigen Neubau. Eine halbe Stunde zu früh. Sicher ist sicher. Dann schaltete ich den Motor aus und blickte mich um. Eine hübsche, gepflegte Allee mit modernen, eleganten Gebäuden am Rand der Stadt. Ich nutzte die verbleibende Zeit, um mich endlich bei Uli zu melden, dessen Anruf ich vorhin so abrupt beendet hatte. Ich schilderte ihm meine Theorie über Jochen und die WIP. Uli hörte schweigend zu.

»Das klingt leider alles sehr plausibel«, sagte mein Freund schließlich mit leiser Stimme.

»Ich wäre gern sicher. Gibt es bei euch eine Liste mit den geprellten Anlegern?«

»Das weiß ich nicht, Siggi. Ist nicht meine Abteilung. Aber ich kann Isar fragen. Gleich morgen früh.«

»Das wäre gut.« Ich schaute auf die Uhr am Armaturenbrett. »Ich muss jetzt Schluss machen. Sonst komme ich zu spät.«

»Wohin?«, fragte Uli neugierig.

»Ich habe dir doch von der Journalistin erzählt, die bei

uns ein Praktikum macht. Sie hat mich als Dankeschön zum Abendessen eingeladen.«

»Das ist aber nett. Wohin geht ihr?«

»Sie hat mich in ihre Wohnung eingeladen.« Noch während ich es aussprach, wusste ich, dass meine Ehrlichkeit ein Fehler war.

»So, so«, schmunzelte Uli.

»Ach was. Gar nichts ›so, so‹. Sie ist nur freundlich.«

»Ja, ja«, sagte mein Freund in demselben Tonfall.

»Uli, du vergisst, dass ich verheiratet bin.«

»Ach ja, habe ich vergessen. Hast du Britta um Erlaubnis gebeten? Wenn du sie nicht erreichst, dann frag doch ihren Freund. Diesen netten Steueranwalt. Wie heißt er noch?«

»Mark.« Gut, meine Ehe war vielleicht kein überzeugendes Argument. »Außerdem bin ich fast zwanzig Jahre älter! Sie könnte meine Tochter sein.«

»Ist sie aber nicht. Oder?«, feixte Uli.

»Blödmann. Bis dann!« Ich legte auf und stieg aus. Dann nahm ich den kleinen Blumenstrauß und die Flasche Weißwein vom Beifahrersitz. Ein Gastgeschenk. Reine Höflichkeit.

»Ja bitte?«, hörte ich die Stimme von Frau Bukowsky aus der Gegensprechanlage, nachdem ich den Klingelknopf gedrückt hatte.

»Hallo. Ich bin es.«

»Wer ist da?«

Ich stutzte.

»Äh … Buckmann. Vom Amtsgericht. Wir sind doch verabredet.«

»Wir waren um sechs Uhr verabredet. Jetzt ist es gleich sieben«, erwiderte die Journalistin kühl.

Am liebsten wäre ich unverzüglich im Boden versunken. »Ich … Entschuldigung … ich meine … ich war sicher …« Weiter kam ich nicht. Durch die Gegensprechanlage hörte ich Frau Bukowsky herzhaft lachen.

»Entschuldigung, Herr Buckmann. Sie sind überpünktlich. Kommen Sie herauf, dritter Stock, Appartement A.«

Ich fuhr mit dem Fahrstuhl in die dritte Etage. Das Appartement der Journalistin lag schräg gegenüber dem Aufzug.

Frau Bukowsky öffnete die Tür, noch bevor ich sie erreicht hatte, und grinste frech. »Ich konnte nicht widerstehen.«

»Voll erwischt«, antwortete ich lachend.

Die Journalistin trug eine dunkelblaue Jeans, hochhackige Schuhe und eine schwarze Bluse, die ihre sportliche Figur gut betonte. Ihre Haare hatte sie wie immer zu einem Pferdeschwanz zurückgebunden.

»Vielen Dank für die Einladung!«, sagte ich und überreichte Blumen und Wein.

»Das ist aber lieb! Kommen Sie herein!«

Ich folgte Frau Bukowsky in die Wohnung und sah mich um. Mir gefiel ihre spartanische Einrichtung, vor allem der schwere, lederne Sandsack, der in der Mitte des großen Wohnzimmers hing. Die Journalistin ging in die offene Wohnküche und stellte die Blumen in eine Vase.

»Was darf ich Ihnen anbieten? Ein Bier?«

Ich nickte. »Gern.«

Sie holte zwei Bierflaschen aus dem großen zweitürigen

Kühlschrank und öffnete sie. Dann drückte sie mir eine davon in die Hand, und wir stießen an. Ganz zwanglos, ohne Gläser.

»Sie boxen?«, fragte ich und deutete auf die Urkunden und Medaillen, die an einer Backsteinwand hinter dem Sofa hingen.

»Früher mal. Heute nur noch selten. Und nicht mehr auf Meisterschaften.«

»Welche Klasse haben Sie geboxt? Leichtgewicht?«

Die Journalistin machte ein empörtes Gesicht. »Federgewicht!«

Ups. Ein Unterschied von vier Kilogramm. Aber zu ihren Gunsten.

»Sorry!«

Frau Bukowsky lachte. »Schon gut! Aber sehr interessant, dass Sie wissen, dass Federgewicht leichter ist.«

»Ich habe auch mal geboxt. Vor etwa hundert Jahren.«

»Halbschwergewicht?«

»Treffer!« Schmunzelnd fügte ich hinzu: »Mittlerweile wohl eher Schwergewicht.«

Die Journalistin musterte mich mit einem amüsierten Blick von oben bis unten. Dann kniff sie ein Auge zu und sagte: »Nö. Würde ich nicht sagen. Sieht noch gut aus.«

Verlegen nahm ich einen großen Schluck aus der Bierflasche.

»Bitte nehmen Sie Platz!«, entspannte sie die Situation und deutete auf einen für zwei Personen gedeckten Holztisch, der vor einem großen Panoramafenster stand, das bis zum Boden reichte.

Während ich mich setzte, ging sie in die Küche und kehrte mit einer dampfenden Schüssel zurück.

»Hirse mit Brokkoli in Sojamilch gekocht und mit Weizenkeimen abgeschmeckt«, erklärte die Journalistin, während sie beide Teller füllte.

Ich war sehr hungrig und hatte mich auf das Essen gefreut. Diese Freude verflog im Bruchteil einer Sekunde. Nämlich in dem Moment, in dem ich den nur mit sehr viel Humor und gutem Willen als Essen zu beschreibenden Inhalt meines Tellers erblickte. Es sah aus, als hätte jemand einen Kuhfladen mit Maden dekoriert, heruntergewürgt und halb verdaut wieder erbrochen. Aber ein kleiner Bissen verriet mir: Es schmeckte noch deutlich schlimmer.

»Mmh.« Ich bemühte mich, ein positiv überraschtes Gesicht zu machen. »Schmeckt gut.«

»Wirklich?« Die Journalistin sah mich ungläubig an. »Das ist für eine Reportage über vegane Ernährung, die ich mit einer Kollegin schreibe. Ich finde das Zeug ja ekelhaft. Deswegen habe ich für uns auch Burger und Pommes bestellt. Die müssten jeden Moment da sein. Aber wenn Ihnen das besser schmeckt …«

»Du bist ein Arsch!«, rutschte es mir heraus. Ganz spontan eben. »Oh, Entschuldigung. Was ich wirklich sagen wollte: *Sie* sind ein Arsch!«

Frau Bukowsky lachte herzhaft. »Wir können gern beim Du bleiben. Ich bin Robin.«

»Freut mich«, erwiderte ich. »Du bist tatsächlich die erste Robin, die ich duze.«

»Und du bist der erste …« Robin stutzte. »Wie heißt du

eigentlich richtig? Ich meine ›Siggi‹ ist ja kaum dein richtiger Vorname, oder?«

»Nein. Ich heiße Sigurd. Aber meine Freunde nennen mich Siggi.«

»Sigurd? Wollten dich deine Eltern abhärten oder quälen?«

»Sie hatten eine Vorliebe für nordische Sagen. Sigurd ist der Drachentöter. Bei den Germanen heißt er Siegfried.«

»Der Drachentöter.« Robin lächelte amüsiert. »So einer bist du also.«

Der Lieferdienst ließ nicht lange auf sich warten. Robin hatte mit Burger und Pommes genau meinen Geschmack getroffen. Nach dem Essen setzten wir uns auf die Couch, und Robin erzählte von ihrem Lebensweg, der zwar deutlich kürzer, dafür aber um ein Vielfaches interessanter war als mein eigener. Robin war als Einzelkind aufgewachsen. Schon während des Studiums hatte es sie nach Südamerika und später nach Australien verschlagen. Danach hatte sie für eine kurze Zeit in den Vereinigten Staaten gearbeitet. Erst seit vier Jahren war sie wieder zurückgekehrt. Ihre Eltern lebten mittlerweile auf Ibiza. Die Eigentumswohnung, in der wir saßen, hatte sie mit dem Geld erworben, das ihr ihre Großmutter vor einiger Zeit hinterlassen hatte.

Robin streifte die Schuhe ab und zog die Beine auf die Couch.

»Und seit wann lebst du schon getrennt?«

»Seit vier Jahren.«

»Seit vier Jahren?« Robin riss die Augen auf. Dann zwinkerte sie mir zu. »Das scheint ja doch eine endgültige Sache zu sein, oder?«

»Jedenfalls eine langwierige«, korrigierte ich und zwinkerte ebenfalls. Was tat ich denn da gerade? Ich flirtete tatsächlich mit Robin. Sie hätte meine Tochter sein können. »Ist sie aber nicht. Oder?«, hörte ich den Satz von Uli in meinem Kopf.

Robin stand auf. »Ich bin mal eben im Bad. Holst du uns noch ein Bier?« Barfuß und leichtfüßig ging sie über den Holzfußboden und verschwand im Badezimmer. Ich ertappte mich dabei, dass ich ihr hinterherblickte. Ich kniff die Augen zu und schüttelte den Kopf. Dann ging ich in die Küche und holte zwei Bierflaschen aus dem großen Kühlschrank, die ich öffnete und auf die Theke der Wohnküche stellte. Als ich sie mit zur Couch nehmen wollte, stieß ich mit dem Handgelenk ungeschickt an eine der Flaschen. Es gelang mir zwar, sie aufzufangen, bevor sie vollständig umkippte, aber ein Teil des Inhalts ergoss sich über die Theke bis hin zu Robins eingeklapptem Notebook.

»Verflucht!«

Ich suchte nach einem Küchenhandtuch, dann trocknete ich die Theke und die Unterseite des Notebooks. Ich klappte es auf, um zu prüfen, ob auch die Tastatur etwas abbekommen hatte. Der Bildschirm schaltete sich an. Ich wollte dem keine Beachtung schenken. Dann jedoch erblickte ich in der Mitte ein Bild, das mir sehr bekannt vorkam.

15

Robin blickte zufrieden in den Spiegel ihres Badezimmers. Der Abend verlief so, wie sie es geplant hatte. In einer lockeren Atmosphäre plaudert man immer ungezwungener. Der Traum eines Reporters. Robin machte ein paar Notizen in dem Collegeblock, den sie eigens für diesen Abend in dem Waschtisch des geräumigen Bads deponiert hatte. In der nächsten halben Stunde würde sie versuchen, das Gespräch auf Ercan Ayaz zu lenken. Sie wartete nur auf ein passendes Stichwort des Richters. Wie ein erfahrener Jäger pirschte sie sich langsam an ihre Beute heran. Ein kleines schlechtes Gewissen hatte die Journalistin schon, denn Siggi Buckmann gefiel ihr. Nicht nur optisch, sie mochte seine offene Art, immer das zu sagen, was er dachte. Wie schwer es dem Richter fiel, sich zu verstellen, hatte sie bei dem Interview am Vormittag bemerkt. Er war erkennbar bemüht gewesen, die Fragen über das Justizsystem möglichst diplomatisch zu beantworten. Ebenso die Frage, ob er sich selbst einmal strafbar gemacht hatte.

Ein klirrendes Geräusch aus dem Wohnzimmer riss Robin

aus ihren Gedanken. Schnell versteckte sie Collegeblock und Kugelschreiber unter einem Handtuch im Waschtisch, warf einen letzten Blick in den Spiegel und öffnete einen weiteren Knopf der schwarzen Bluse. Dann ging sie zurück ins Wohnzimmer.

Siggi Buckmann stand neben dem niedrigen Couchtisch mit zwei Bierflaschen in der Hand und sah sie mit einem merkwürdigen Blick an. Sein Mund lächelte, seine Augen nicht.

»Sei mir nicht böse, aber es wird langsam zu spät für mich«, sagte der Richter und stellte die beiden Flaschen auf den niedrigen Couchtisch. »Ich werde jetzt gehen.«

Robin blickte erstaunt und enttäuscht.

»Das ist aber schade. Ist alles in Ordnung?«

»Ja, ja. Alles in Ordnung. Danke für den schönen Abend. Wir sehen uns dann morgen?«

Robin nickte und sah Buckmann an.

»Ist wirklich alles in Ordnung?«

Siggi ging bereits zur Wohnungstür und öffnete sie.

»Alles in Ordnung«, lächelte er. »Bin eben schon ein alter Mann. Gute Nacht.«

16

Robin starrte auf ihre Wohnungstür, nachdem Buckmann sie ins Schloss gezogen hatte. Dann wanderten ihre Augen zu den beiden Bierflaschen und von dort zu der Wohnküche. Sie sah die Theke, das Küchentuch und … das Notebook! So hatte sie es nicht auf der Theke zurückgelassen, es war eindeutig verschoben worden. Schnell ging die Journalistin in die Küche und klappte den Bildschirm hoch.

»Nein, nein, nein!«, fluchte Robin. Buckmann musste das Foto gesehen haben. Das erklärte seinen eiligen Aufbruch. Eilig huschte Robin zur Couch und streifte ihre Schuhe über, während sie bereits an einer guten Ausrede tüftelte. Reine journalistische Neugierde. Vorbereitung auf ihr Praktikum. Übliche Recherche. Etwas in dieser Art. Sie hatte schon beinahe die Wohnungstür erreicht, als ihr Smartphone vibrierte, das auf der niedrigen Kommode in dem kleinen Flur lag. Im Laufen nahm sie es in die Hand. Auf dem Display erschien das Bild ihrer Kollegin.

»Maria! Ist gerade ganz schlecht. Ich …« Robin stoppte und

drückte die schon geöffnete Wohnungstür wieder zu. Dann betätigte sie den Lautsprecher des Smartphones. »Wann?«

»Heute Abend, etwa halb sieben«, sagte Maria mit brüchiger Stimme. »Er liegt auf der Intensivstation. Es sieht nicht gut aus. Karsten hat starke innere Blutungen. Sein Bruder hat mich angerufen.«

»Danke, dass du mich angerufen hast. Gib bitte Bescheid, wenn du etwas Neues erfährst.« Maria legte auf. Robin stand einen Moment lang regungslos in ihrem Flur. Dann drehte sie plötzlich den Kopf zum Wohnzimmer und ging mit schnellen Schritten zu dem Regal neben dem Sofa. Aus dem zweiten Fach von oben nahm sie ein in Leder eingebundenes Buch. Herman Melvilles *Moby Dick.* Sie klappte das Buch auf, hielt es senkrecht und schüttelte es. Aus der Lücke zwischen Ledereinband und Buchrücken fiel ein kleiner schwarzer Speicherstick. Karsten hatte ihn vor ein paar Tagen mitgebracht. »Falls mir etwas zustößt«, hatte er gesagt. Karsten war immer sehr vorsichtig. Wenn er an einer brisanten Story arbeitete, legte er Sicherungskopien an, die er Maria oder Robin anvertraute. Robin hatte sich nichts weiter dabei gedacht. Die Journalistin betrachtete den Stick in ihrer Hand. Dann ging sie entschlossen zu ihrem Notebook, klappte den Bildschirm auf und steckte den Stick in den seitlichen Anschluss. Sekunden später wurde der Inhalt auf dem Bildschirm sichtbar. Mehrere Textdateien und eine Bilddatei.

Robin öffnete zunächst die Dokumente. Es waren verschiedene Artikel über die Insolvenz der WIP, einer Immobiliengesellschaft. Robin hatte in der letzten Woche darüber gelesen. Auch eine Namensliste, die mit »Anleger WIP«

überschrieben war, befand sich auf dem Speicherstick. Zuletzt öffnete Robin die Bilddatei. Der Größe nach zu urteilen, musste es sich um ein Foto mit hoher Auflösung handeln. Das Bild, das den gesamten 16-Zoll-Monitor ausfüllte, zeigte zwei Männer, die sich die Hand schüttelten. Robin erkannte beide nicht. Dann fiel ihr Blick auf eine in Designerklamotten gehüllte Person im Hintergrund des Fotos, und schlagartig weiteten sich ihre Pupillen.

17

Du kommst aber früh nach Hause!«

Ich schloss die Tür zu meiner Altstadtwohnung und sah meinem Mitbewohner in die Augen, der gähnend aus dem Wohnzimmer kam, sich auf dem Läufer in dem schmalen Flur streckte und ausgiebig kratzte. Mit dem rechten Fuß hinter dem Ohr.

»Ja«, antwortete ich knapp in Richtung meines Maine-Coon-Katers. Grisu musterte mich. Ich kannte ihn lange genug, um zu wissen, was dieser Blick bedeutete.

»Alles in Ordnung, Siggi?«

»Nein.« In kurzen Sätzen schilderte ich ihm von dem Verlauf des Abends. Eines sehr angenehmen Abends – bis zu dem Augenblick, als ich mein Foto auf dem Laptop meiner Gastgeberin entdeckte. Einer Gastgeberin, die sich als Enthüllungsreporterin schon einen Namen gemacht hatte.

Grisu klappte die Ohren besorgt nach vorn.

»Und dann bist du einfach weggelaufen?«

»Ich bin nicht weggelaufen. Ich bin gegangen.«

»Trotzdem sieht das doch irgendwie nach einer Flucht aus.«

»Mmh«, grummelte ich. Da hatte der Kater leider nicht ganz unrecht.

»Wer flieht, macht sich verdächtig«, ergänzte Grisu, indem er die Augen zu schmalen Schlitzen verengte.

»Ja, ja«, winkte ich ab. Das war mir auch klar geworden. Leider erst, nachdem ich schon wieder in meinem Auto vor Robins Wohnung saß.

»Du musst vorsichtig sein, Siggi! Sonst …« Grisu musste den Gedanken nicht beenden.

»Ja, ich weiß. Sonst komme ich doch noch ins Gefängnis. Es rührt mich sehr, dass du dir Sorgen machst.«

Der Maine Coon klappte ein Ohr zur Seite.

»Natürlich mache ich mir Sorgen. Ich habe keine große Lust, mir ein neues Zuhause zu suchen, wenn du eingesperrt wirst.«

»Reizend«, schnaubte ich. »Aber Britta würde dich schon aufnehmen.«

Wenn Blicke töten könnten.

»Ich ziehe auf keinen Fall zu Britta und dieser unterwürfigen Kreatur!«

»Wen meinst du? Mark, ihren Freund?«

»Nein. Diesen flohverseuchten, bepelzten Gartensklaven. Bosco.«

Bosco war ein zuverlässiger und gut ausgebildeter Schäferhund, der die Villa bewachte, in der meine Ehefrau jetzt lebte.

Ich wollte gerade etwas Bissiges erwidern, da summte mein Smartphone. Die Nummer von Uli Nussbaum erschien auf dem Display.

»Hallo, Uli«, nahm ich das Gespräch an.

»Hallo, Siggi. Entschuldige bitte, dass ich so spät störe …«

»Ist nicht schlimm. Ich bin gerade erst wieder nach Hause gekommen.«

»So, so«, hörte ich Uli schmunzeln.

»Was gibt es?«

»Unsere Pressesprecherin hat mich vorhin angerufen und mir den Namen von dem Journalisten genannt, der sich nach Ercan Ayaz erkundigt hat …«

»Darf ich raten?«, unterbrach ich meinen Freund. »Er heißt Robin Bukowsky.«

18

Verdammte Scheiße, Dimitris! Was sollte das? Mein Vater wird ausflippen!« Jeremias ging aufgeregt im Schwimmbad seiner Villa auf und ab und presste das Wegwerfhandy an sein Ohr.

»Ich habe dir gesagt, mein Vater erledigt das. Bist du völlig übergeschnappt?«

»Halt deinen Mund.« Dimitris' Stimme klang ebenso ruhig wie endgültig. Der russische Akzent war deutlich zu hören, obwohl Dimitris fließend deutsch sprach. Ebenso englisch und spanisch. »Du hast mich angerufen und mir vorgeheult, dass dieser Reporter dir und deinem Vater Schwierigkeiten machen kann. Das war nur eine kleine Gefälligkeit. Für einen Geschäftspartner. Jetzt sind die Schwierigkeiten beseitigt.«

»Denkst du!« Jeremias' Stimme wurde weinerlich. »Er lebt ja noch.«

»Nicht mehr lang«, erwiderte Dimitris kalt. »Wenn ihn seine Verletzungen nicht umbringen, helfen meine Freunde nach.«

»Ja … ist gut …« Jeremias wollte das Gespräch beenden.

»Ach, Jeremias?«

»Ja?«

»Solltest du noch einmal derart unverschämt mit mir reden, dann zum letzten Mal.«

Jeremias schluckte. »Verstanden«, sagte er mit heiserer Stimme. »Entschuldigung … ich wollte nicht …« In der Leitung knackte es. Dimitris hatte aufgelegt.

Jeremias ging in den großen, mit Designermöbeln und einigen kostspieligen Kunstwerken ausgeschmückten Wohnraum im Erdgeschoss des Anwesens. Er öffnete eine Schranktür, hinter der sich eine kleine Bar verbarg und schenkte sich einen Single Malt ein, den er in einem Zug hinunterstürzte. Und noch einen. Diese Prozedur hätte er gewiss noch einige Male wiederholt, wenn nicht sein Smartphone gesummt hätte. Ein Blick auf das Display verriet ihm, dass sein Vater anrief.

»Hallo, Paps, ich …«, begann Jeremias, wurde jedoch unsanft unterbrochen.

»Halt den Mund und antworte nur mit Ja oder Nein! Hast du etwas mit der Sache zu tun?«

Jeremias wusste genau, wovon sein Vater sprach. Der *Unfall* des Journalisten hatte sich schnell herumgesprochen.

»Ich … äh …«

»Ja oder nein?!« Sein Vater klang aufgebracht.

»Nein.«

»Gut.« Das Familienoberhaupt entspannte sich etwas. »Weißt du, wer es war?«

Jeremias hielt es für besser, seinem Vater nichts von dem Gespräch mit Dimitris zu erzählen.

»Nein.«

»Gut.« Die Stimme des Ministerpräsidenten wurde ruhiger und zuversichtlich. »Dann haben wir einfach Glück gehabt. Sehr schön.« Ohne ein weiteres Wort beendete sein Vater das Gespräch. Und Jeremias wandte sich wieder der halb vollen Flasche Scotch zu.

19

Robin verfolgte mich in dieser Nacht in einem Traum, der sich ständig wiederholte. Ich saß auf der Anklagebank in meinem eigenen Gerichtssaal. Robin wurde als Zeugin aufgerufen, betrat den Saal und zeigte mit dem Finger auf mich. Dann wiederholte sie wieder und wieder dasselbe Wort: Mörder. Mörder. Mörder. Ein gesichtsloser Richter erhob sich und verkündete das Urteil. Als ich zur Strafe mit einem Gewicht an den Füßen in einer riesigen dampfenden Kaffeetasse ertränkt werden sollte, wurde es meinem Unterbewusstsein offensichtlich zu absurd, und ich wachte auf. Um ein Uhr, um drei Uhr und um fünf Uhr. Um halb sieben gab ich schließlich auf. Ich ging in die Küche und machte einen Espresso. Einen doppelten Dreifachen. Grisu kam gähnend um die Ecke gestrichen, streckte sich ausgiebig und blickte mich vorwurfsvoll an. Sein Gesichtsausdruck sagte: »So früh stehst du doch nie auf!« Nach einem Augenblick fügte der Gesichtsausdruck hinzu: » … Aber wenn du schon mal wach bist, kannst du auch gleich Frühstück machen.«

Ich nickte dem Kater zu: »Ja, ja. Ich mach schon.« Aus dem Schrank unter dem Kühlschrank holte ich eine Schale und eine Dose mit seinem Lieblingsfutter hervor. Während es mir so früh am Morgen schwerfiel, einen Bissen hinunterzukriegen, hatte Grisu damit keine Probleme. Gierig machte er sich über seinen Napf her.

»Dass du um diese Zeit schon so viel essen kannst«, murmelte ich.

Der Kater machte eine Pause, blickte mich an und dann meine Tasse. »Dass du um diese Zeit schon so viel Kaffee trinken kannst.«

Ich ließ mich auf das Wortgefecht mit Grisu nicht weiter ein, sondern verschwand unter der Dusche. Meine Kaffeetasse nahm ich mit.

Um kurz nach halb acht saß ich bereits an meinem wie immer etwas unordentlichen Schreibtisch im Büro und telefonierte mit Uli Nussbaum.

»Morgen, Siggi! Seit wann bist du denn so früh im Büro?«

»Ich habe schlecht geschlafen«, erwiderte ich. »Hast du was herausgefunden?«

»Nein. Mit Isar habe ich gesprochen. So etwas wie eine Anlegerliste haben wir nicht. Wir wissen nur von den drei Anlegern, die Strafanzeige gestellt haben. Vermutlich gibt es aber mindestens noch fünfzig weitere, die sich nicht trauen, weil es ihnen zu peinlich ist. Bis der Insolvenzverwalter einen Überblick hat, werden noch Wochen vergehen. Vielleicht starten wir einen Aufruf in der Presse, sich zu melden, wenn man zu den Betrogenen gehört.«

»Das hilft uns leider nicht bei der Frage weiter, ob Jochen

zu den Anlegern gehört hat. Also sind wir genauso schlau wie vorher.«

»Anscheinend schon. Ich melde mich, sobald sich hier etwas Neues ergibt. Bis bald.« Uli legte auf.

Etwa zehn Minuten später klopfte es an der Tür.

»Bitte!«, rief ich, ohne von meiner Akte aufzublicken.

»Guten Morgen, Siggi!«, sagte eine Stimme, die ich jetzt noch nicht erwartet hatte. Robin steckte ihren hübschen Kopf zur Tür herein. Anscheinend war ich nicht der Einzige, der schlecht geschlafen hatte.

»Guten Morgen, Robin!« Ich freute mich, sie zu sehen. Irgendwie. Leider.

»Darf ich reinkommen?«

Ich nickte. Robin trat ein, schloss die Bürotür und lehnte sich mit dem Rücken dagegen.

»Du bist früh dran«, stellte ich fest. »Oder bin ich schon wieder zu spät?« Ich hatte beschlossen, den gestrigen Abend nicht anzusprechen. Und in Zukunft vorsichtiger zu sein.

»Nein.« Robin lächelte, aber nicht so frech wie sonst. Vielleicht bildete ich mir das auch nur ein. »Ich wollte dir sagen, dass ich den Abend gestern sehr schön fand.« Das klang ehrlich.

»Und deswegen bist du so früh aufgetaucht, um mir das zu sagen?« Zugegeben eine wenig charmante Reaktion. Zumal mir der Abend auch sehr gefallen hatte. Jedenfalls bis ich Robins Notebook aufgeklappt hatte.

»Nein. Es ist gestern Abend noch etwas passiert. Ich möchte dich um Hilfe bitten. Oder jedenfalls um einen Rat.«

Robin setzte sich an meinen kleinen Besprechungstisch und zog eine rote dünne Mappe aus ihrem Rucksack, in der einige Papiere lagen.

»Ein guter Freund und Kollege, Karsten Riemer, hatte gestern Abend einen schweren Autounfall. Er liegt auf der Intensivstation. Es sieht nicht gut aus.«

Robin berichtete, was sie von ihrer Kollegin Maria erfahren hatte, und von dem Speicherstick, den sie für Karsten seit ein paar Tagen aufbewahrte.

»Er hat gesagt, das sei für den Fall, dass ihm etwas zustößt. Ich habe mir erst gar nichts dabei gedacht. Er hat mir schon oft eine Sicherungskopie von seiner aktuellen Story gegeben. Und Maria auch. Aber als ich gestern Abend von dem Unfall hörte …«

»Das kann auch ein unglücklicher Zufall sein«, versuchte ich, Robin zu beruhigen. Ich sah, dass sie nicht nur besorgt war. Robin hatte Angst.

»Um was für eine Story geht es überhaupt?«

»Ein großer Immobilienschwindel. War letzte Woche in der Presse …«

»Die WIP?«

Robin nickte.

»Und dazu hat dein Kollege Unterlagen? Was für welche?«

»Ein paar Zeitungsberichte, eine Liste der Anleger …«

»Eine Liste der Anleger? Wo?«

Robin öffnete die rote Mappe und holte ein paar Seiten bedrucktes Papier hervor, die sie mir zuschob. Tatsächlich eine Liste mit etwa sechzig Namen. Nicht alphabetisch sortiert. Mit dem Zeigefinger ging ich die einzelnen Namen ab.

Auf der ersten Seite ohne Erfolg. Aber auf der Mitte der zweiten Seite wurde ich fündig. Mershofen, Jochen. Hinter seinem Namen standen Jochens Adresse und eine Geldsumme. Eine runde Million Euro.

20

Die beiden dunklen Limousinen, die nebeneinander auf der kleinen unbefestigten Lichtung parkten, wirkten fehl am Platz. Nur selten kam ein Fahrzeug hierher und wenn, dann ein Geländewagen der Forstaufsicht. Doch gerade weil diese Stelle so abgeschieden lag, hatte der Ministerpräsident sie gewählt, um sich mit Paul Seemann, seinem Justizminister, zu treffen. Ein kurzer Morgenspaziergang unter Parteifreunden, die sich hier ohne den sonst üblichen Personenschutz bewegen konnten. Erst vor wenigen Wochen hatten sich die beiden Männer getroffen, um zu besprechen, wie sie einen Presseartikel über einen Bekleidungsdeal, in den Laaks Sohn involviert war, verhindern konnten.

»Was kann ich für dich tun?«, fragte Paul Seemann den Ministerpräsidenten, nachdem sie außer Hörweite ihrer Fahrer waren, die bei den Limousinen stehen blieben.

»Habe ich dir ja schon gesagt«, antwortete Alexander Laak, ohne seinen Justizminister anzusehen. »Mich interessieren die Ermittlungen in dem Fall WIP.«

»Und warum?«

»Um Schaden von uns abzuwenden.«

»Wer ist uns?«, wollte Seemann wissen.

»Du, ich, die Partei«, zählte Laak auf.

»Ich verstehe nicht. Was haben wir mit der WIP zu tun?«

»Sagen wir einmal so: Es hat sich jemand in gewisser Weise bei den Geschäften dieser Gesellschaft beteiligt, der uns allen sehr nahesteht.«

Laak hoffte, dass Seemann endlich begreifen würde, dass er nicht so viele Fragen stellen sollte.

»Und wer?«

Laak seufzte. Der Hellste war sein Justizminister noch nie gewesen. Deshalb war er ja auch sein Justizminister geworden.

»Je weniger das momentan wissen, desto besser!«, sagte Laak schroff.

»Mmh. Ja gut. Und was kann ich jetzt tun?«

»Hast du die Informationen, um die ich dich gebeten habe?«

»Ja.« Paul Seemann fasste in die Innentasche des Jacketts und zog sein in schwarzes Leder eingebundenes Notizbuch hervor. »Es gab Strafanzeigen von drei privaten Anlegern gegen die WIP, nachdem sie Insolvenz angemeldet hatte«, begann Seemann, seine Notizen vorzulesen. »Die Staatsanwaltschaft hat daraufhin ein Ermittlungsverfahren eingeleitet. Zunächst nur gegen den Geschäftsführer der Gesellschaft, einen gewissen Dimitris Stogarev.«

Dieser irre Russe, dachte Laak. Sein Sohn hatte Dimitris bei einer Party in einer Edeldisco kennengelernt und von ihm erzählt. Laak hatte Jeremias schon damals gesagt, dass er sich von dem Russen fernhalten solle.

»Gestern ist das Ermittlungsverfahren erweitert worden gegen einen Lutz Bariato. Der hat wohl falsche Wertgutachten für die WIP erstellt.«

Laak zuckte zusammen. Diesen Namen kannte er nur allzu gut. Lutz Bariato war ein Sachverständiger für Grundstücksbewertungen, der für seinen Auftraggeber auch schon mal das ein oder andere Auge zudrückte, wenn es darum ging, die Risiken eines Objekts zu bewerten. Natürlich nur, wenn das Honorar stimmte. Laak hatte ihn vor einigen Jahren seinem alten Parteifreund Landrat Binder vermittelt, als dieser für ein Freizeitparkprojekt ein Grundstück kaufen wollte, auf dem zur Zeit des Kalten Krieges das Altmaterial einer Waffenfabrik lagerte. Bariato erklärte seinerzeit, das Grundstück sei unbedenklich. Als sich kurze Zeit nach Baubeginn herausstellte, dass waffenfähige Chemikalien in den Boden gelangt waren, kosteten die Schlagzeilen den Landrat die Wiederwahl. Nur mit Mühe war es Alexander Laak gelungen, seinen Namen aus der Geschichte herauszuhalten. Wenn bekannt werden würde, dass sein Sohn Bariato an den irren Ivan vermittelt hatte …

»Kennst du Bariato?« Seemann riss Laak aus seinen Gedanken.

»Nein. Sagt mir gar nichts«, antwortete Laak möglichst gelassen. Nach einem Moment fügte er hinzu: »Paul, es wäre gut, wenn du der Staatsanwaltschaft klarmachen könntest, dass die Ermittlungen mit nicht ganz so viel Eifer betrieben werden sollen. Jedenfalls bis zur Wahl.«

Seemann machte ein dummes Gesicht, was ihm nicht allzu schwerfiel. »Und wie?«

»Na, die zuständige Staatsanwaltschaft ist doch personell ohnehin unterbesetzt. Braucht dein Ministerium nicht dringend an irgendeiner Stelle einen Staatsanwalt?«, erwiderte Laak.

»Nein … oh, ich verstehe.«

»Gut, Paul! Dann sorg mal dafür, dass die Stelle so ausgeschrieben wird, dass sie nur auf einen Mitarbeiter der zuständigen Abteilung zutrifft.«

»Kein Problem. Das machen wir immer so. Erst suchen wir uns den Kandidaten aus, den wir haben wollen, dann formulieren wir die Anforderungen in der Stellenausschreibung so, dass sich nur dieser Kandidat erfolgreich bewerben kann«, grinste Seemann. »Merkt nie einer. Und sollte sich wirklich ein anderer ungefragt auf diese Stelle bewerben, machen wir ihm schon klar, dass er seine Bewerbung ganz schnell zurückziehen sollte.«

»Gut! Halte mich auf dem Laufenden.« Der Ministerpräsident machte kehrt und ging eilig zurück zu den Limousinen. »Ich habe noch ein paar wichtige Termine.« Und in Gedanken fügte er hinzu: ›Und einen noch wichtigeren Telefonanruf.‹

21

An der nächsten Ampel links«, sagte ich zu Robin, während ich mich krampfhaft an dem Griff der Beifahrertür ihres hochgetunten Minis festklammerte. »Und es wäre nett, wenn du bis dahin in den Sinkflug gehen und die Landeklappen ausfahren könntest.«

»Nervös?«

Da war es wieder, das selbstbewusste, freche Lächeln der Journalistin. Und sie hatte recht: Ich war nervös. Ich war ohnehin ein schlechter Beifahrer, und Robin machte es nicht besser, indem sie versuchte, innerorts die Schallmauer zu durchbrechen. Allerdings musste ich neidlos anerkennen: Auto fahren konnte sie.

»Für welche Zeitung schreibt dein Freund eigentlich?«, fragte ich, eher um mich von der Fahrt abzulenken als aus Interesse.

»Karsten ist freier Journalist. Er schreibt für mehrere Zeitungen und …« Robin stockte mitten im Satz.

»Und?«

»… und andere Medien.«

»Das heißt?«

»Auch für Blogs und Social-Media-Kanäle.«

»Aha«, sagte ich, so als ob ich verstünde, was damit gemeint war.

»Ach, Siggi!«, sagte Robin, so als ob sie merkte, dass ich keine Ahnung hatte, wovon sie sprach.

Robin überholte einen Lieferwagen unter vorbildlicher Missachtung sämtlicher Verkehrsregeln.

»Da ist die Einfahrt zum Polizeipräsidium.« Ich deutete mit dem Zeigefinger auf den großen, mehrstöckigen Bau aus den Siebzigerjahren. »Der vordere Parkplatz ist für Besucher.«

Robin lenkte den Mini auf den Besucherparkplatz und gekonnt rückwärts in eine Parklücke. Wenige Augenblicke später standen wir an der Schleuse. »Richter Buckmann, ich möchte zu Hauptkommissar Hiller«, sagte ich in die Gegensprechanlage. Der Pförtner erkannte mich und öffnete die schwere Sicherheitstür. »Hallo, Herr Buckmann. Sie kennen sich ja aus. Die Dame gehört zu Ihnen?«

Ich nickte. »Meine Praktikantin.«

Mit dem Fahrstuhl fuhren wir in die dritte Etage.

»Deine Praktikantin?« Robin grinste und drückte die Zunge von innen gegen ihre Wange.

»Jeder Mann in meinem Alter sollte eine hübsche Praktikantin haben«, erwiderte ich augenzwinkernd und biss mir augenblicklich auf die Zunge. Ich flirtete schon wieder.

Nick Hillers Büro lag am Ende des Ganges. Wie immer stand seine Zimmertür sperrangelweit offen. Nick saß an seinem Schreibtisch über einem dicken Stapel Telefonüberwachungsprotokollen. Ich klopfte an den Türrahmen.

»Dürfen wir stören?«

Nick blickte hoch und lächelte freundlich. »Du doch immer, Euer Ehren!«

»Das ist meine Praktikantin, Frau Bukowsky!«

Ich berichtete Nick, was Robin mir erzählt hatte und von ihrem Verdacht, dass der Unfall ihres Kollegen vielleicht doch kein Unfall war. Nick hörte sich alles in Ruhe an, ab und zu stellte er eine Nachfrage.

»Ich werde einmal sehen, was wir haben«, sagte er, nachdem ich meinen Bericht beendet hatte, und tippte auf seiner Computertastatur.

»Die Akte wird bei uns als Unfallflucht geführt. Wir haben einige Fotos vom Tatort. Die Kurve kenne ich, da passieren häufig Unfälle beim Überholen.«

Nick scrollte sich durch den Bericht.

»Hier ist die Aussage des Zeugen, der Ihrem Kollegen entgegenkam und der auch den Rettungsdienst verständigt hat. Wie es aussieht, fuhr er auf der linken Spur und versuchte, ein anderes Fahrzeug zu überholen. Als er den Gegenverkehr bemerkte, wollte er wieder zurück auf die rechte Spur wechseln und stieß gegen das andere Fahrzeug. Er verlor die Kontrolle und überschlug sich. Das andere Auto fuhr weiter und …« Nick stoppte mitten im Satz. Dann vergrößerte er ein Foto auf seinem Bildschirm. Es zeigte das Heck von Karstens silbergrauem SUV. Nick runzelte die Stirn.

»Hast du was entdeckt?«

»Vielleicht. Seht ihr das hier?« Nick deutete mit seinem Kugelschreiber auf einen Teil der Heckstoßstange. »Das sieht aus wie Lacksplitter von einem schwarzen Fahrzeug.«

»Und? Der Zeuge hat doch gesagt, dass Robins Kollege gegen das andere Auto gestoßen ist.«

»Ja, bei dem Versuch, wieder auf die rechte Spur zu fahren. Darum ist die rechte Seite des Fahrzeugs auch übersät mit schwarzen Lacksplittern. Aber warum sind solche Splitter auch hinten links an der Stoßstange?«

Robin sah Nick an. »Es sieht aus, als ob Karstens Wagen von hinten gerammt worden wäre.«

»Genau das meine ich. Kann natürlich ein Zufall sein. Oder ein alter Schaden«, gab Nick zu bedenken.

Robin schüttelte den Kopf. »Ich habe mit Karsten vor ein paar Tagen Kaffee getrunken. Da war sein Auto ganz sicher unbeschädigt. Ich habe direkt hinter ihm geparkt. Das wäre mir aufgefallen.«

Nick überlegte. »Ich werde mit den zuständigen Kollegen von der Unfallanalyse sprechen. Aber die haben momentan alle Hände voll zu tun. Das dauert. Solange Ihr Kollege nicht befragt werden kann, wird es kaum ausreichen, um ein Ermittlungsverfahren wegen eines versuchten Tötungsdeliktes einzuleiten.«

»Mal sehen, ob ich etwas herausfinden kann.« Robin klang entschlossen. Leider.

»Wenn Sie mit Ihrem Verdacht richtigliegen, Frau Bukowsky, könnte das gefährlich sein.« Nick blickte Robin an und lächelte. »Aber das brauche ich Ihnen nicht zu sagen.«

»Ich verstehe nicht, warum die Polizei nichts unternimmt!« Robin war nach dem Gespräch mit Nick aufgebracht, was sich leider auf ihren ohnehin risikofreudigen Fahrstil auswirkte.

»Hat der Innenminister nicht erst in der vergangenen Woche behauptet, die Mordkommissionen hätten eine sehr hohe Aufklärungsquote?«

Robin überholte einen tiefergelegten Dreier-BMW, dessen Fahrer so verblüfft war, dass er sogar vergaß, wütend zu hupen.

»Haben sie auch«, erwiderte ich, während ich mich am Türgriff festklammerte. »Die Aufklärungsquote liegt bei über neunzig Prozent.«

Robin runzelte die Stirn und sah mich an. Ihr grünes Auge funkelte.

»Das verstehe ich nicht!«

»Wenn du versprichst, nur fünfzig zu fahren und ausnahmsweise auf die Straße zu blicken, erkläre ich es dir.«

Obwohl mein Vorschlag völlig ernst gemeint war, schnaubte Robin amüsiert. Dann nahm sie tatsächlich den Fuß vom Gaspedal.

»Einverstanden. Also bitte!«

»Eine Mordkommission wird immer nur dann eingesetzt, wenn ein Todesfall auch als Mord oder Totschlag erkannt wird.«

»Und?«

»Wird ein Tod von vornherein als Unfall, Selbstmord oder fahrlässige Tötung angesehen, ermittelt keine Mordkommission.«

Robin zog erstaunt die Augenbrauen hoch.

»Aber das würde ja bedeuten …«, setzte sie an.

»Dass es eine große Dunkelziffer nie aufgeklärter Mordfälle gibt«, beendete ich ihren Gedanken. »Das ist zutreffend.

Ein berühmter Kriminalbeamter sagte einmal: Wenn auf jedem Grab eines Ermordeten, von dem wir irrtümlich ausgehen, dass er eines natürlichen Todes gestorben sei, eine Kerze brennen würde, wären nachts alle Friedhöfe hell erleuchtet.«

»Also ist es eine Lüge! Die angeblich so tolle Aufklärungsquote der Mordkommissionen. Nur eine Lüge!«

»Nein«, widersprach ich.

Robin sah mich fragend an.

»Eine Frage der Definition.«

22

Nachdem die Journalistin Siggi wieder beim Amtsgericht abgesetzt hatte, fuhr sie in das teure Villenviertel der Südstadt. Die Bäume der herrlichen Alleen trugen bereits bunte Blätter, und eine Straße sah malerischer aus als die andere. Robin fuhr fast langsam für ihre Verhältnisse und hielt sich sogar beinahe an die Geschwindigkeitsbegrenzung von dreißig Stundenkilometern, die in dem gesamten Villenviertel galt. Sie nutzte die Fahrt für zwei Telefonanrufe. Zuerst erkundigte sie sich bei Karstens Bruder über den Zustand ihres guten Freundes. Karsten war weiterhin nicht bei Bewusstsein, aber wenigstens stabil. Anschließend sprach sie mit Maria, um ihr von dem Inhalt des Speichersticks zu berichten, den ihr gemeinsamer Freund ihr zur Aufbewahrung gegeben hatte.

»Und du glaubst, das hat etwas mit seinem Unfall zu tun?«, fragte Maria besorgt.

»Ich weiß es nicht«, erwiderte Robin.

»Aber du glaubst es?«

»Ich halte es für möglich«, antwortete Robin. Sie wollte ihrer Freundin keine unnötige Angst machen.

»Gott. Karsten hatte gesagt, er sei einer heißen Sache auf der Spur. Aber so heiß …«

»Dagegen ist meine Story direkt langweilig«, unterbrach Robin die Gedanken ihrer Freundin, um das Thema zu wechseln.

»Kommst du voran? Wie verhält sich ›Euer Ehren‹?«

Robin überlegte kurz und beschloss, ihrer Freundin vorerst nichts von dem gestrigen Abend zu erzählen. Maria würde Robins Vorgehen bestimmt nicht gefallen.

»Bisher relativ unauffällig«, antworte Robin diplomatisch.

»Traust du ihm zu, dass er an dem Mord von diesem Bandenchef irgendwie beteiligt war?«

»Es ist bisher nur eine Theorie.«

»Du hast den sichersten Jagdinstinkt, den ich kenne. Traust du es ihm zu?«, hakte Maria nach.

»Ich muss jetzt auflegen«, wich Robin der Frage aus und parkte den roten Mini vor einem prächtigen Anwesen. »Wir reden ein andermal weiter.«

»Pass auf dich auf, Süße!«, verabschiedete sich Maria. »Ein Freund, der einen schweren Unfall hat, genügt mir.«

»Du kennst mich doch!«, antwortete Robin und legte auf, bevor Maria etwas erwidern konnte.

23

Bevor die Journalistin aus ihrem Flitzer stieg, öffnete sie das Handschuhfach und nahm einen Ausdruck des Fotos heraus, das sie auf Karstens Speicherstick entdeckt hatte. Etwas unwohl fühlte sie sich schon, weil sie Buckmann nichts von dieser Aufnahme erzählt hatte. Aber sie war sich nicht sicher, wie der Richter reagieren würde. Deshalb hatte sie es aus der Mappe genommen und im Handschuhfach deponiert, bevor sie mit ihm gesprochen hatte.

Robin stieg aus, faltete das Foto in der Mitte und verstaute es in der Innentasche ihrer Lederjacke. Dann ging sie zu der aus verschlungenen Eisenstreben bestehenden Pforte in der Mauer, die das Grundstück umgab, und betätigte den Klingelknopf.

»Ja?«, tönte es nach einem Moment unfreundlich aus der Gegensprechanlage.

»Guten Tag, mein Name ist Robin Bukowsky. Ich möchte bitte mit Herrn Laak sprechen«, sagte die Journalistin freundlich und lächelte in die Kamera, die sich über dem Eingang befand.

»Was wollen Sie von mir?« Die Stimme blieb unfreundlich.

»Ich habe nur ein paar Fragen.«

»Wozu?«

»Zu einem Foto, auf dem Sie und ein paar andere Männer abgebildet sind.«

»Ich werde häufig fotografiert.« Die Unfreundlichkeit wich einer Überheblichkeit.

»Und immer mit Menschen, gegen die die Staatsanwaltschaft ermittelt?«, fragte Robin mit unschuldigem Tonfall.

Die Gegensprechanlage blieb stumm.

»Hallo? Sind Sie noch da?«

Anstelle einer Antwort summte der Türöffner. Robin drückte das eiserne Tor auf und blickte auf einen langen Kiesweg, der durch einen gepflegten Garten bis zum Haupthaus führte. Bei jedem Schritt knirschten die Kieselsteine unter Robins Turnschuhen, während sie selbstsicher auf das Haus zuging. Als sie die prächtige Eingangstür erreicht hatte, öffnete Jeremias Laak. Er trug einen dunkelroten Morgenmantel, auf dessen Brusttasche seine Initialen eingestickt waren.

»Zeigen Sie mal das Foto!«, forderte er Robin auf. Die Journalistin wusste, dass es nicht ohne Risiko war, Jeremias Laak das Foto zu präsentieren, vor allem, wenn er etwas mit Karstens »Unfall« zu tun hatte. Sie hoffte aber, ihn auf diese Weise aus der Deckung locken zu können. Robin fasste in die Innentasche ihrer Lederjacke, holte das gefaltete Foto hervor, klappte es auf und hielt es Jeremias Laak unter die Nase. Laak griff nach dem Foto, warf einen kurzen Blick darauf und zerriss es mit triumphierendem Gesichtsausdruck.

»Ihnen ist schon klar, dass das nur ein Ausdruck war und nicht etwa das einzige Exemplar, oder?« Robin zweifelte an der Intelligenz des Politikersohnes. Zu Recht, wie dessen enttäuschter Gesichtsausdruck nach Robins Erklärung bewies.

»Oh.«

»Genau!«

Laak dachte nach, was ihm ersichtlich nicht gerade leichtfiel.

»Also gut … wie viel wollen Sie?«

»Fürs Erste könnten Sie mir sagen, wer die beiden Herren im Vordergrund des Fotos sind, das Sie soeben zerrissen haben.«

»Woher wollen Sie wissen, dass ich die beiden überhaupt kenne?«

Robin merkte, dass sie die Messlatte für Laaks Intelligenz nur ganz knapp über dem Boden positionieren durfte. Nicht höher als die Kante eines handelsüblichen Flokati.

»Warum hätten Sie sonst a) das Foto zerreißen und mir b) Geld dafür anbieten sollen?« Robin zählte in Gedanken. Einundzwanzig, zweiundzwanzig, dreiundzwanzig. Da! Die Veränderung in Laaks Gesichtsausdruck zeigte, dass er begriff und … vierundzwanzig, fünfundzwanzig … sich jetzt über sich selbst ärgerte.

»Der Ältere der beiden ist Lutz Bariato, ein Sachverständiger für Bodengutachten«, brummte er schließlich.

»Und der andere?«

»Scheiße! Sag endlich, wie viel du für das Foto willst!«

Den Umstand, dass Laak plötzlich aggressiv wurde, deutete Robin so, dass ›der andere‹ wichtig war. Und gefährlich.

»Das wirst du jetzt ganz bestimmt nicht verstehen …« Robin wählte ebenfalls die vertrauliche Ansprache, die Laak anscheinend bevorzugte. »… aber es gibt Menschen, die nicht käuflich sind. Auch wenn du niemanden in deinem Freundeskreis kennst. Oder deiner Familie.«

Die Journalistin wollte sich umdrehen und gehen, aber Laak griff nach ihrem linken Oberarm.

»Nicht so schnell! Wir sind noch nicht fertig.«

Robin sah ihm in die Augen und lächelte selbstbewusst. »Falsch. Ich bin mit dir fertig. Und jetzt lass los!«

Robins sichere Art überraschte Laak. Er hatte erwartet, dass Robin eingeschüchtert reagieren würde.

»Und was, wenn nicht, du blöde … Pfffff …« Der Rest des Satzes erstickte in einem schmerzverzerrten Pusten. Robin hatte Laak mit der Geschwindigkeit und Präzision einer erfahrenen Boxerin einen ansatzlosen geraden Faustoß in die Magengrube versetzt. Laak ließ Robin los, da er beide Hände benötigte, um sich den Bauch zu halten, während er sich vornüberbeugte und auf die Knie sank.

Obwohl Robin bereits wieder mit sicheren Schritten den Kiesweg zum Tor ging, konnte sie doch ganz deutlich hören, wie Laak sorgfältig sein Frühstück auf den Marmorplatten vor der Haustür verteilte.

24

Nachdem Robin mich beim Amtsgericht mit ihrer roten Mini-Rakete abgesetzt hatte und das flaue Gefühl in meinem Magen beinahe verschwunden war, brachte ich Uli Nussbaum auf den neuesten Stand. Ich hatte ein leicht schlechtes Gewissen, weil ich Robin nicht erzählt hatte, dass sich mein alter Mentor unter den Anlegern befand und dass ich einen Zusammenhang mit seinem Selbstmord vermutete.

»Das bedeutet, deine Robin hat eine vollständige Anlegerliste?«, fragte Uli, nachdem ich meinen Bericht beendet hatte.

»Nein.«

»Wieso nein?«

»Erstens ist es nicht *meine* Robin, und zweitens weiß ich nicht, ob die Liste vollständig ist. Aber es ist eine Liste mit mindestens fünfzig Namen, Adressen und Geldbeträgen.«

Uli pfiff durch die Zähne. »Du hast nicht zufällig eine Kopie für uns?«

»Noch nicht. Aber ich frage Robin. Wir treffen uns heute Abend noch einmal.«

»So, so.«

»Hör auf zu grinsen, Uli!«

»Ich grinse doch gar nicht!«, protestierte der Staatsanwalt.

»Uli! Ich habe in meinem Leben die Geschichten von über sechstausend Zeugen und zehntausend Angeklagten gehört. Wenn jemand so unverschämt lügt wie du, dann merke ich das.«

Ich wollte auflegen.

»Warte, Siggi, da ist noch was. Das Ermittlungsverfahren wird bei uns erweitert gegen einen gewissen Lutz Bariato.«

Ich notierte den Namen auf einem Zettel. »Und wer ist das?«

»Ein Gutachter für Grundstücksbewertungen, der für die WIP den Wert verschiedener Objekte ermittelt hat. Es scheint sich um typische Gefälligkeitsgutachten zu handeln. Die Werte sind viel zu hoch angesetzt. Gegen ihn wird nun wegen Beihilfe ermittelt.«

Nachdem wir das Telefonat beendet hatten, gab ich den Namen des Gutachters bei Google ein und wurde fündig. Lutz Bariato hatte eine seriös aussehende Website. Unter der Rubrik *Kontakte* fand ich seine Adresse. Sein Büro lag in der Altstadt. Das traf sich gut, ich wollte ohnehin Mittagspause machen.

Eine halbe Stunde später stand ich vor einem vierstöckigen Bürogebäude mit verspiegelten Fenstern, das erst vor wenigen Jahren errichtet worden war. Das Klingelschild verriet, dass Bariato die Räumlichkeiten in der dritten Etage angemietet hatte. Die Eingangstür war nur angelehnt. Ich trat ein und nahm die Treppe in den dritten Stock. Auf einer Milchglastür befand sich die Aufschrift »L. Bariato – Sachverständiger für Grundstücks- und Objektbewertung«, darunter hing ein Schild mit den Öffnungszeiten. Das Büro machte erst in zwei Stunden wieder auf. Ich wollte schon wieder gehen, da bemerkte ich, dass die Glastür einen Spalt offen stand. Mit den Fingerspitzen drückte ich sie weiter auf und blickte auf einen hübsch eingerichteten Empfangsraum mit einem weißen Holztresen, hinter dem zwei Computerbildschirme standen.

»Hallo?« Keine Reaktion.

Gegenüber der Eingangstür auf der anderen Seite des Tresens lag ein kleiner Flur. Ich glaubte, von dort Geräusche zu hören. Langsam ging ich weiter. Kein Zweifel, hinter der letzten der drei Türen, die von dem Flur abgingen, bewegte sich jemand.

»Hallo?«, fragte ich erneut. Wieder blieb eine Antwort aus. Vorsichtig drückte ich die Klinke hinunter, öffnete die Tür einen Spalt und erkannte ein großes und sehr geschmackvoll eingerichtetes Büro. Doch hinter dem großen Schreibtisch saß niemand. Ich drückte die Tür weiter auf und trat ein. Aus dem Augenwinkel bemerkte ich eine schnelle Bewegung, zog reflexhaft die Schultern hoch und das Kinn zur Brust. Das war mein Glück. Die kraftvoll geschlagene Gerade traf mein Kinn nur halb, aber immer noch ausreichend. Der Schlag dröhnte in meinem Schädel. Für einen kurzen Augenblick verlor ich das Gleichgewicht und schlug mit der Schulter gegen die Wand.

»Du?«, sagte eine Stimme, die ich mittlerweile schon viel zu gut kannte. Und mochte. Ich blickte in die Richtung, aus der der Schlag gekommen war. Robin stand hinter der Tür und rieb sich die Knöchel der rechten Hand. Ich nahm mein Kinn zwischen Daumen und Zeigefinger und bewegte es vorsichtig. Gebrochen war nichts, aber ich würde mit Sicherheit in den nächsten zwei Wochen nicht schmerzfrei kauen können.

»Robin! Bist du verrückt geworden?«

»Oh Siggi, entschuldige bitte! Was schleichst du auch so hier herum?«

»Hast recht, das war meine Schuld. Ich bin direkt in deine parkende Faust geschlichen. Du hättest mich beinahe ausgeknockt.« Nach einer kurzen Pause fügte ich hinzu. »Hättest du richtig getroffen.«

»Übertreib mal nicht!« Robin grinste. Dann öffnete und schloss sie ein paarmal die rechte Hand. »Au, verflucht. Hast du einen Betonschädel. Was machst du denn hier?«

»Dumme Frage! Ich …« Zugegeben, so dumm war die Frage doch nicht. Was tat ich eigentlich hier?

»Ich wollte dich zum Essen einladen.«

25

Der Glaskasten. So lautete der Spitzname eines kleinen italienischen Restaurants in der Mitte eines von Geschäften eingefassten Platzes, nur wenige Minuten vom Amtsgericht entfernt. Aufgrund seiner günstigen Lage und seines guten Mittagstisches waren meine Kollegen und ich Stammgäste des Lokals. Wir hatten einen Tisch in einer Ecke gewählt, um möglichst ungestört reden zu können. Robin hatte das Büro des Sachverständigen nur wenige Minuten vor mir betreten. Auf sie hatte es so gewirkt, als sei Bariato in großer Eile gewesen, sodass er sogar vergessen hatte, die Tür zu schließen.

»Woher wusstest du von Bariato?«, fragte ich, nachdem sie ihren kurzen Bericht beendet hatte.

»Ich habe da so meine Quellen«, antwortete sie. »Und du?«

»Ich habe gute Freunde.« So viel zu gegenseitigem Vertrauen.

Robin überlegte.

»Irgendjemand muss Bariato gewarnt haben.« Nach einer kurzen Pause fügte sie hinzu: »Dein Freund?«

Ich schüttelte den Kopf.

»Ausgeschlossen. Deine Quelle?«

Die Journalistin zuckte mit den Schultern.

»Schon möglich. Aber eher unwahrscheinlich.« Robin schmunzelte. »Meine Quelle musste sich erst einmal von dem Sch… von dem Schrecken meines Besuchs erholen. Und ich war keine zehn Minuten, nachdem ich meine … sprudelnde Quelle verlassen hatte, in Bariatos Büro. Sehr wenig Zeit, um zu verschwinden.«

Da hatte Robin recht.

»Was wolltest du eigentlich da, Siggi?«

»Der Fall interessiert mich persönlich«, antwortete ich vage.

»Warum?«

Ich überlegte. Bisher war Robin sehr offen gewesen. Mit Ausnahme der Fotos, die ich auf ihrem Laptop entdeckt hatte und die wir beide offensichtlich geschickt totschwiegen, hatte ich keinen Grund, ihr zu misstrauen.

»Ein Kollege gehört zu den Anlegern der WIP.«

Robin zog die Augenbrauen hoch.

»Warum hast du das nicht gesagt?«

Ich zuckte mit den Schultern. Genau wusste ich es auch nicht.

»Der Arme«, sagte Robin. »Der ärgert sich jetzt bestimmt tot.«

»Wenn du wüsstest …« Ich erzählte Robin von meinem alten Mentor, seiner Depression, den Mahnschreiben und seinem Selbstmord. Robins Augen wurden immer größer. Schweigend hörte sie zu, bis ich meinen Bericht beendet hatte. Spontan legte sie die Fingerspitzen ihrer linken Hand auf meinen Unterarm, sah mir in die Augen und sagte: »Das tut mir sehr leid, Siggi.«

Ich wollte etwas erwidern, doch in diesem Moment summte Robins Smartphone. Die Journalistin blickte auf das Display. »Meine Nachbarin«, stellte sie stirnrunzelnd fest und drückte das Handy an ihr Ohr. »Hallo, Inga, hier ist Robin, was …« Offensichtlich unterbrach ihre Gesprächspartnerin sie.

»Was? Wann? Ich komme sofort.« Robin beendete das Telefonat und sah mich erschrocken an. »Bei mir wurde eingebrochen! Ich muss sofort los!« Robin sprang auf.

»Warte, ich komme mit!«

Dank Robins beeindruckender Fahrkünste waren wir keine Viertelstunde und höchstens sieben kirschgelbe Ampeln später bei ihr zu Hause. Die Polizei hatte bereits mit der Spurensicherung begonnen. Als wir im dritten Stock ankamen, erkannte mich der leitende Beamte, der sich soeben das Schloss der Wohnung ansah.

»Hallo, Herr Buckmann! Was machen Sie denn hier?«

Ich deutete auf Robin. »Die Wohnung gehört meiner Praktikantin, Frau Bukowsky. Habt ihr schon was?«

»Das waren Profis. Das Schloss ist Qualitätsware. So was muss man knacken können. Die scheinen irgendetwas Bestimmtes gesucht zu haben. Soweit wir das beurteilen können, fehlen kaum Wertgegenstände. Vielleicht könnten Sie sich einmal umschauen, Frau Bukowsky, und uns sagen, was entwendet worden ist.«

Wir betraten die Wohnung, und ich musste feststellen, dass eine spartanische Einrichtung auch dann Vorteile hat, wenn eingebrochen wird. Außer der durchwühlten Wäsche in Robins Schlafzimmer und den auf dem Boden liegenden Büchern vor dem Regal im Wohnzimmer sah die Wohnung nicht unordentlich aus.

»Mein Notebook ist weg«, erklärte Robin, als sie sich kurz umgesehen hatte. »Ansonsten scheint noch alles da zu sein.«

Nachdem die Polizeibeamten die Anzeige aufgenommen hatten und ein Mitarbeiter eines Schlüsseldienstes das Schloss notdürftig repariert hatte, waren Robin und ich wieder allein in der Wohnung.

»Was mögen die gesucht haben?«, fragte ich Robin und blickte mich um.

Robin sah mich an. »Komm mal bitte her.«

Ich ging zu Robin, die in der Mitte des Wohnzimmers neben ihrem Sandsack stand.

»Ja?«

»Würdest du für mich bitte einmal auf die Knie gehen?«, sagte sie und zwinkerte mir zu.

Ich hatte zwar keine Ahnung, was das sollte, aber tat Robin den Gefallen. Die Journalistin streifte die Turnschuhe ab, trat hinter mich und setzte sich auf meine Schultern.

»Wenn du jetzt bitte aufstehen würdest«, kommandierte sie, und ich erhob mich mit Robin auf den Schultern. Robin griff nach dem oberen Ende des Sandsacks und suchte etwas im Inneren des Ledersackes.

»Du bist schwerer, als du aussichst«, brummelte ich.

»Klappe!«, antwortete Robin, während sie weitersuchte. »Das sind alles Muskeln …«

Da ich in diesem Moment zu einem nicht gerade unwesentlichen Teil des Journalistenkörpers engen Kontakt hatte, musste ich ihr recht geben.

»Stimmt. Fühlt sich athletisch an.«

»Na, dann ist es ja gut«, grinste Robin. »So, hab es. Kannst mich wieder runterlassen.«

»Schon?«, sagte ich in enttäuschtem Tonfall und ging wieder in die Knie. Robin rutschte von meinen Schultern. Als ich wieder aufstand, hielt sie mir einen kleinen Speicherstick unter die Nase.

26

Lutz Bariato hatte zwei Reisetaschen auf das Bett seines Schlafzimmers gestellt, in die er eilig einige Kleidungsstücke stopfte. Seinen Reisepass, zwei Kreditkarten und fünfzehntausend Euro in bar steckte der Sachverständige ebenfalls in eine der beiden Taschen. Er würde einen ausgedehnten Urlaub in seinem kleinen Chalet in der Schweiz machen. Zwei Monate vielleicht. Oder besser drei.

Der Anruf von Alexander Laak am heutigen Morgen hatte ihn überrascht. »Die Staatsanwaltschaft ermittelt gegen dich in der WIP-Sache. Mach doch mal Urlaub. Und zwar so schnell wie möglich.« Laak befürchtete offensichtlich, dass er bei der Staatsanwaltschaft auspacken könnte. Dann käme auch der Name seines Sohnes Jeremias früher oder später zutage. Und das kurz vor der Wahl. Bei den knappen Umfragen zurzeit vielleicht das Zünglein an der Waage. Nach den Wahlen würde alles ganz anders aussehen. Dann hätte Laak genug Einfluss, um alles zu vertuschen. Und wenn er die Wahl doch verlieren würde? Dann wäre ein kleiner Skandal um seinen Sohn letztlich auch gleichgültig.

Und für diesen Fall hatte sich Lutz Bariato bereits einen Plan B zurechtgelegt: Er würde einen Deal mit der Staatsanwaltschaft eingehen und Dimitris Stogarev ans Messer liefern. Genug Informationen über den Russen hatte er. Und für die Zusicherung einer Straffreiheit würde er sie preisgeben.

Bariato zog den Reißverschluss der beiden Taschen zu und schleppte sie zur Tür seiner Stadtwohnung. Er vergewisserte sich, dass er Brieftasche und Wagenschlüssel eingesteckt hatte, und öffnete die Wohnungstür. Lutz hatte fast ein wenig Vorfreude auf den ungeplanten Urlaub in der Schweiz entwickelt, die jedoch augenblicklich verschwand, als er in die Gesichter der beiden mit schwarzen Lederhandschuhen bekleideten Männer mit der imposanten Türsteherfigur blickte, die jetzt vor seiner Tür standen. »Hallo, Lutz«, sagte einer der beiden mit deutlich russischem Akzent. »Willst du verreisen?« Ohne eine Antwort des Sachverständigen abzuwarten, ergänzte der andere Hüne: »Da fahren wir dich doch gern!«

Dafür, dass Bariatos Ziel vor einer halben Stunde noch die Schweizer Alpen gewesen waren, war die Fahrt nach überraschend kurzer Zeit schon wieder vorbei. Nun stand sein Wagen auf einem alten Fabrikgelände am Rand der Stadt, das der Sachverständige vor einigen Jahren ebenfalls einmal begutachtet hatte. Unvorsichtigerweise hatte er Stogarev hiervon erzählt. Einer von Dimitris' Schlägern hatte Lutz' Wagen gefahren und rückwärts an einen Baumstamm gesetzt. Dann hatte Lutz wieder auf dem Fahrersitz Platz genommen. Nicht ganz freiwillig, aber Schläger Nummer zwei hatte überzeugende Argumente, in diesem Fall eine russische Armeepistole vom Typ Jarygin PJa, die er Bariato an die Schläfe hielt.

Während der Fahrt war ihnen ein dunkler Geländewagen gefolgt, der anscheinend die Aufgabe hatte sicherzustellen, dass sie nicht verfolgt wurden. Aus diesem Wagen stieg nun ein dritter Mann, der der bedrohlichen Erscheinung seiner beiden Kollegen in nichts nachstand. Er hatte einen Wagenheber dabei, mit dem er das Heck von Lutz' Auto aufbockte, bis die Hinterräder nicht mehr den Boden berührten. Dann holte er aus dem Kofferraum des Geländewagens ein etwa dreißig Meter langes Hanfseil, dessen Ende er an den Baumstamm band.

»Hier, halt mal!« Schläger Nummer eins drückte Lutz den Griff eines Hammers in die Hand. Lutz griff instinktiv zu. Während er sich noch fragte, was der Sinn dieser Übung war, hatte Schläger Nummer eins den Hammer schon wieder weggenommen und damit ein Loch in die Heckscheibe von Bariatos Wagen geschlagen. Währenddessen fixierte Schläger Nummer zwei das Lenkrad des Autos mit Klebeband. Anschließend zog er ein kleines Plastikfläschchen aus der Hosentasche und schraubte den Verschluss auf.

»Handflächen aufhalten«, befahl er Bariato.

Der Sachverständige machte ein verdutztes Gesicht und streckte dem Mann seine Hände entgegen. Der drückte das Fläschchen zusammen und träufelte eine zähe Flüssigkeit auf Bariatos zitternde Handflächen.

»Verteilen und Hände ans Lenkrad!«

Bariato rieb die Handflächen aneinander, dann umfasste er das Steuer des Wagens.

»Fest zudrücken!«

Bariato umklammerte das Rad so fest, dass seine Knöchel weiß wurden.

»Kannst jetzt loslassen«, sagte Schläger Nummer zwei nach etwa einer halben Minute.

Lutz wollte die Hände wieder vom Lenkrad nehmen und erschrak.

»Geht nicht«, stammelte er und spannte die Muskeln der Arme an. Doch seine Hände klebten unbeweglich am Steuer des Wagens.

»Gut.« Schläger Nummer zwei nickte zufrieden. Dann drehte er das Fläschchen zu und warf es in den Fußraum des Sportwagens. Anschließend ließ er den Motor an und stellte die Schaltung des Automatikgetriebes auf D. Mithilfe einer kurzen Dachlatte, die er unter den Fahrersitz klemmte, drückte er das Gaspedal hinunter. Der Motor heulte auf, und die knapp über dem Boden hängenden Räder begannen, sich zu drehen.

Schläger Nummer drei reichte das andere Ende des um den Baum gebundenen Seils durch das Loch in der Heckscheibe. Lutz verstand den Zweck der Aktion erst, als ihm das Seil mit einer Schlinge durch den Spalt der Kopfstütze um den Hals gelegt wurde. Er schrie noch »Nein! Halt, bitte, ich …«, was aber in dem Geräusch der plötzlich auf den Asphalt treffenden und sich mit Hochgeschwindigkeit drehenden Reifen unterging, als Schläger Nummer drei den Wagenheber wegtrat. Mit quietschenden Reifen setzte sich

Bariatos Auto rasch in Bewegung. Der leichte Ruck, den der Wagen in der Fahrt machte, als die gesamte Länge des Seils aufgebraucht war, war kaum zu erkennen.

27

Oh!«, rief Robin entzückt, nachdem ich die Tür meiner Altstadtwohnung aufgeschlossen hatte. »Wer ist denn das?«

Grisu kam aus der Küche getapert. Er war von Robins Besuch weniger begeistert.

»Echt jetzt? Du bringst diesen gefährlichen Jagdhund mit Schreibmaschinenkenntnissen in unsere Wohnung?«

»Grisu!«, sagte ich tadelnd. Und laut.

»Was ist denn?« Robin blickte mich überrascht an.

»Ach … nichts. Er soll sich nur benehmen.«

Robin runzelte die Stirn, kniete sich langsam neben den Maine-Coon-Kater und streichelte ihn behutsam im Nacken.

»Du bist aber ein Hübscher!«

Grisus Gesichtsausdruck wirkte nicht mehr ganz so angewidert von Robins Besuch.

»Ich berichtige: ein gefährlicher Jagdhund mit Schreibmaschinenkenntnissen und gutem Geschmack.«

Da Robins Laptop gestohlen worden war, hatte ich vorgeschlagen, in meine Wohnung zu fahren und mein Notebook zu benutzen. Ich führte Robin ins Wohnzimmer, den ordentlichsten Raum meiner Wohnung. Vergleichsweise jedenfalls.

»Ah! Das erklärt es«, sagte Robin und zeigte auf meine alte Hantelbank und die Gewichte, die in der Ecke des Wohnzimmers standen.

»Das erklärt was?«

»Warum du so gut in Form bist. Du bist nicht der Typ, der in irgendwelchen hippen Fitnessstudios trainiert. Eher der Einzelgänger.« Robin zwinkerte mir zu. »Typ einsamer Wolf.«

Ich dachte kurz darüber nach, ihr zu sagen, dass ich erst wieder regelmäßig trainierte, seitdem mich vor ein paar Wochen die Schläger eines psychopathischen Drogenchefs fast zu Tode gehetzt hatten, befürchtete aber, dass ein Teil meiner Antwort sie verunsichern könnte. Vielleicht sogar die ganze Antwort. Deshalb lächelte ich nur freundlich und sagte: »Einsamer Wolf? Wohl eher alterndes Eichhörnchen.«

Ich klappte mein Notebook auf, das auf dem niedrigen Couchtisch stand. Ein Bild von Kiana und Ronja erschien auf dem Bildschirm. Robin lächelte: »Deine Töchter?« Ich nickte. »Meine Große studiert hier Philosophie. Und Ronja studiert in England. Literatur.«

Robin holte den Speicherstick aus ihrer Hosentasche und gab ihn mir. Nachdem ich ihn eingesteckt hatte, erschien der Inhalt auf meinem Bildschirm.

»Sieh dir das Bild an!«, sagte Robin und setzte sich neben mich auf die Couch. Ich klickte die Datei mit der Maus an. Ein Foto öffnete sich, und ich pfiff durch die Zähne. »Ist das …«, begann ich und deutete auf einen jungen Mann im Hintergrund des Bildes.

»Jep. Jeremias Laak. Der Sohn des Ministerpräsidenten«, beantwortete Robin meine Frage, noch bevor ich sie ganz ausgesprochen hatte. »Und das ist hier Lutz Bariato. Und das da …«, Robin zeigte auf einen Mann Ende dreißig mit sehr markanten und auffallend harten Gesichtszügen, »… ist Dimitris Stogarev, der Geschäftsführer der WIP.«

Ich überlegte. Das Foto dürfte für viele Menschen sehr interessant sein. Für die Staatsanwaltschaft, für die Presse, für die politischen Gegner von Alexander Laak.

»Du sagst ja gar nichts.« Robin sah mich an.

»Ich denke.«

»Und was denkst du?«

»Dass dieses Foto gefährlich sein kann. Wer weiß noch davon?« Robin zuckte mit den Schultern. »Ich weiß nicht, wem es mein Kollege gezeigt hat. Ansonsten nur du, ich und …« Robin stockte mitten im Satz. Das war kein gutes Zeichen.

»Und?«, fragte ich erwartungsvoll.

»Und Jeremias Laak«, sagte Robin leise.

»Was?« Meine Reaktion war weniger leise.

»Ich war heute Morgen bei ihm, nachdem ich dich beim Gericht abgesetzt hatte. Er war die Quelle, von der ich erzählt habe. Durch ihn wusste ich von Bariato.«

»Das war nicht ungefährlich. Vielleicht steckt er hinter Karstens Unfall und dem Einbruch in deine Wohnung.«

Robin schnaubte belustigt. »Er selbst war das bestimmt nicht. Das ist so ein verwöhnter Milchbubi, der wahrscheinlich die Hälfte des Tages damit verbringt, sich selbst zu googeln.«

»Aber vielleicht hat er jemanden beauftragt. Wenn das Foto bekannt wird, dürfte es seinem Vater gar nicht gefallen.

Und wenn du von Beruf Sohn bist, solltest du deinen Brötchengeber nicht allzu sehr verärgern.«

Anscheinend überzeugte dies Robin, denn anstatt etwas zu erwidern stand sie auf, ging zum Wohnzimmerschrank und griff nach einem Familienfoto, das über meinem Fernseher stand.

»Deine Frau?«

Ich nickte. »Ja, das ist Britta.«

»Gefällt mir«, sagte sie spontan. »Passt zu dir.«

Robin stellte das Foto wieder zurück.

»Was würdest du an meiner Stelle tun, Siggi?«

»Ich würde den Speicherstick der Staatsanwaltschaft geben«, antwortete ich ehrlich. »Die Anlegerliste ist für die Ermittlungen von größter Bedeutung. Und auch das Foto.«

»Du meinst also, ich sollte mich da raushalten und nichts mehr unternehmen?«

»Das habe ich nicht gesagt. Aber du solltest vorsichtiger sein.«

Robin schüttelte den Kopf und grinste verbittert. »Der Staatsanwaltschaft den Speicherstick geben. Karsten würde mich umbringen, wenn ich seine Story so einfach weggebe.«

»Du meinst, falls er seine Story überlebt?« Das war vielleicht taktlos, dafür aber deutlich. Robin drehte sich um, trat ans Fenster und sah hinaus. Einmal mehr stellte ich fest, wie sehr sie mir gefiel. Sie war eine Frau, die mir gefährlich werden konnte. In doppelter Hinsicht. Unbewusst blickte ich auf das Foto, das Robin zurückgestellt hatte, und sah meiner Frau in die Augen. Ich musste schmunzeln. Noch immer hatte ich fast ein schlechtes Gewissen, wenn ich eine andere Frau längere Zeit ansah. Aber auch nur fast.

Nach einer Weile drehte sich Robin plötzlich um und blickte mich entschlossen an.

»Ist gut. Das mache ich.«

28

Jeremias Laak hatte von der Regel ›Kein Alkohol vor zehn‹ noch nie viel gehalten. Doch selbst für seine Verhältnisse war das dritte Glas Scotch um neun Uhr früh bemerkenswert. Er kippte es wie seine Vorgänger in einem Zug hinunter. Dann setzte er sich wieder auf das edle Naturledersofa und blickte auf die Zeitung von heute, die auf dem kleinen Designercouchtischchen lag. Als hätte sich die Schlagzeile, die er schon zweimal gelesen hatte, in der letzten Minute verändert, studierte er sie erneut und schüttelte den Kopf.

›Grausiges Geständnis: Beging der Handlanger der Betrügergesellschaft Selbstmord aus Schuldgefühlen? – Am frühen Morgen entdeckte der Wachschutz eines Fabrikgeländes die enthauptete Leiche des bekannten Grundstücksachverständigen Lutz Bariato, als …‹

Jeremias klappte die Zeitung zu, als könnte er dadurch das Ereignis ungeschehen machen. Dann fuhr er sich mit den Händen durch die noch vom Schlaf und einem Pfund Haargel verstrubbelten Haare. Schließlich griff er in die Tasche seines Morgenmantels und zog das Wegwerfhandy hervor, auf dem nur eine einzige Nummer einprogrammiert war.

»Da?«, meldete sich die markante Stimme von Dimitris Stogarev.

»Hallo, Dimitris. Ich bin es. Hast du schon die Zeitung gelesen?«

»Nein.«

»Lutz Bariato ist tot.« Jeremias' Stimme überschlug sich fast.

»Ich weiß.«

»Und woher?«

»Augenzeugenbericht«, sagte Dimitris.

»Ich verstehe nicht.«

Der Russe seufzte. »Denk noch mal nach.«

Jeremias folgte der Aufforderung. Es dauerte einen Augenblick. Einen ziemlich langen.

»Du meinst ... aber ... in der Zeitung stand Selbstmord.«

»Ihr habt schlechte Zeitung. Ich habe gute Leute«, antwortete der Russe.

Jeremias war wie vor den Kopf gestoßen. »Warum?«, brachte er schließlich mit heiserer Stimme hervor.

»Du hast mich gestern angerufen und gesagt, dass dich die Presseschlampe besucht hat.«

»Ja! Die Presseschlampe!« Jeremias brüllte fast in das Smartphone. Dann erinnerte er sich jedoch, was ihm der Russe über Respektlosigkeit gesagt hatte. »Um die Journalistin solltest du dich kümmern. Das war mein Plan.«

»War kein guter Plan«, antwortete Dimitris ruhig. »In Russland haben wir ein Sprichwort: Wenn du willst, dass das

Flussbett austrocknet, kannst du zehntausend Leute mit Eimern schicken oder einen, der die Quelle verstopft.«

»Was bedeutet das?«

Dimitris seufzte genervt. »Wir haben schon einen Journalisten ausgeschaltet. Hat nicht lange gedauert, da war ein neuer da. Aber jetzt ist ihre Quelle weg. Kapiert?«

Jeremias verstand, aber ihm gefiel gar nicht, was er verstand. Aus dem Telefon erklang ein tiefes lang gezogenes Hupen.

»Was war das denn?«

»Nebelhorn.«

»Wo bist du?«

»Nicht im Land. Ist momentan zu heiß für mich. Aber keine Angst, kleiner Mann. Ich bin immer in deiner Nähe.« Jeremias schluckte. »Vergiss das nicht!«

29

Es war bereits neun Uhr, als mein Smartphone klingelte. *Uli Nussbaum – Büro* zeigte das Display an. Ich tauschte meine Kaffeetasse gegen das Handy.

»Danke, Siggi!«, begann Uli das Gespräch.

»Für gewöhnlich sagt man um diese Zeit ›Guten Morgen‹, Uli«, brummelte ich. »Aber wenn es dir lieber ist: Gern geschehen!« Nach einem Moment fügte ich hinzu: »Wofür eigentlich?«

»Tu mal nicht so unschuldig!«, sagte Uli. »Du weißt genau, was ich meine. Unser alter Freund Rechtsanwalt Oliver Bollmann war eben hier, um einen Speicherstick abzugeben, auf dem sich hochinteressante Dateien befinden. Unter anderem eine Anlegerliste der WIP. Unsere Wirtschaftsabteilung ist vor Freude ganz aus dem Häuschen.«

»Das freut mich. Aber was habe ich damit zu tun? Hat Oliver gesagt, dass der Stick von mir kommt?«

»Nein. Er beruft sich auf seine anwaltliche Schweigepflicht. Er hat nur gesagt, ein Mandant habe ihn beauftragt, den Speicherstick abzugeben.«

In Gedanken klopfte ich mir selbst auf die Schulter. Ich hatte Robin vorgeschlagen, Oliver Bollmann zu mandatieren und ihm den Stick zu übergeben. Er konnte sich auf seine Schweigepflicht berufen, und weder Robin noch ich mussten irgendwelche unangenehmen Fragen beantworten.

»Na also. Wie kommst du dann auf die Idee, dass ich etwas damit zu tun habe?« Natürlich, weil Uli zwei und zwei zusammenzählen konnte.

»Die jugendliche Fantasie eines alten Mannes«, lachte Uli. »Das war nach dem Rückschlag gestern ein gutes Trostpflaster für uns.«

»Was für ein Rückschlag?«

»Hast du es noch nicht gelesen? Steht heute Morgen in jeder Zeitung. Bariato hat Selbstmord begangen.«

»Was? Wann?«

»Gestern Vormittag.« Also kurz nachdem Robin und ich in seinem Büro gewesen waren. »Er hat sich in sein Auto gesetzt, ein Seil um den Hals gelegt, das andere Ende um einen Baum und dann Vollgas gegeben.«

»Originelle Methode«, rutschte es mir heraus. »Aber auch eine ziemliche Schweinerei.« Das hätte ich Bariato nicht zugetraut. Ich hatte zwar angenommen, dass er sich absetzt. Aber nicht endgültig.

»Man kann den Menschen immer nur vor den Kopf gucken«, entgegnete Uli. »So, ich muss noch was tun. Leg dich wieder hin.«

Kaum hatte ich das Smartphone wieder gegen die Kaffeetasse getauscht, rief Robin an.

»Habe es schon gehört«, begann ich das Gespräch. »Bariato ist tot.«

»Ja. Selbstmord. Ich kann es gar nicht glauben!«

»Bist du schon angezogen?« Ich hatte die Frage noch nicht ganz ausgesprochen, da hätte ich mir am liebsten auf die Zunge gebissen.

»Kommt darauf an, was du dir darunter vorstellst«, erwiderte Robin, und ich konnte ihr freches Grinsen vor meinem geistigen Auge sehen.

»So bekleidet, dass sie dich bei der Polizei nicht festhalten, wenn wir wieder gehen wollen.«

Eine halbe Stunde später holte ich Robin an ihrem Appartement ab. Da ich morgens nur selten Todessehnsucht verspüre, hatte ich darauf bestanden, selbst zu fahren.

»Guten Morgen, Nick«, grüßte ich Hauptkommissar Hiller, nachdem wir das Polizeipräsidium betreten hatten. Ich hatte unser Kommen angekündigt, sodass uns der Kommissar bereits am Eingang erwartete. Er erwiderte den Gruß.

»Dich interessiert der Selbstmord von diesem Gutachter?«

»Ja. Wer ermittelt in dem Fall?«

»Kollegin Blume. Ich habe sie schon vorgewarnt, dass du uns besuchst«, grinste Nick. »Seltsamerweise freut sie sich darauf. Manche Frauen haben einen komischen Geschmack.«

»Möglicherweise auch nur Mitleid«, lachte ich.

Conni Blume. Die Hauptkommissarin, die der Schauspielerin Gina Carano nicht nur ähnlich sah, sondern auch deren beeindruckende Nahkampffähigkeiten aufwies. Schwarzer Gürtel im Jiu-Jitsu, frühere Landesmeisterin im Kickboxen und Trainerlizenz für Wing Chun. Blume arbeitete seit einigen Jahren im Morddezernat, und das mit beeindruckenden Erfolgen.

»Hallo, Herr Buckmann«, grüßte die Kommissarin, die immer ein selbstbewusstes, herausforderndes Lächeln auf den Lippen hatte. »Wie geht es Ihnen?«

Die Polizeibeamtin trug ein schwarzes Langarmshirt, das nicht nur gut zu ihren schwarzen, schulterlangen Haaren und ihren dunklen Augen passte, sondern auch erahnen ließ, in welcher beeindruckenden körperlichen Form sie war.

»Danke, gut! Das ist meine Praktikantin, Frau Bukowsky.« Die beiden Frauen schüttelten sich die Hände. »Uns interessiert der Tod von Lutz Bariato.«

»Hat mir Nick bereits erzählt. Wir haben ihn als Selbstmord aufgenommen. Unter Zurückstellung von einigen Zweifeln.«

Ich wurde hellhörig.

»Unter Zurückstellung von *einigen Zweifeln*?«, fragte Robin.

Blume nickte und zog eine dicke Akte aus einer Schublade des Schreibtischs. Einige Seiten waren mit Post-its markiert.

»Momentan gehen wir davon aus, dass Bariato ein Seil um einen Baumstamm gebunden hat, das Ende dann durch die Heckscheibe ins Fahrzeuginnere führte, sich um den Hals legte und das Fahrzeug beschleunigte. Durch die Krafteinwirkung auf Hals und Wirbelsäule, nachdem das Seil gespannt wurde und sich die Schlinge zuzog, wurde dann der Kopf vom Rumpf getrennt.«

Robin verzog das Gesicht. »Eklig.« Nach einem Augenblick fügte sie hinzu: »Aber originell.«

Die Kommissarin nickte. »Ja. Mal was anderes.«

»Und wo sind die Zweifel an diesem Ablauf?«, fragte ich.

Blume klappte die Akte auf und zeigte ein Foto vom Inneren des Wagens. Um das Lenkrad waren noch immer die Hände des kopflosen Sachverständigen gelegt. Vorbildlich auf zehn vor zwei. Jeder Fahrlehrer wäre stolz gewesen.

»Seine Hände waren mit Sekundenkleber am Steuer befestigt.«

»Beweist das nicht, dass Bariato keinen Selbstmord begangen hat?«, fragte Robin.

»Nicht unbedingt«, antwortete Blume.

Robin sah mich fragend an.

»Viele Selbstmörder fesseln ihre Hände, damit sie nicht im letzten Moment noch unbewusst versuchen, sich zu befreien«, erklärte ich.

Blume nickte. »Stimmt. Und das Fläschchen mit dem Klebstoff haben wir auch im Auto gefunden. Allerdings …« Die Polizistin blätterte zum letzten Post-it-Strip. »Dieses Foto zeigt den Ort, wo das Fahrzeug gestanden haben muss, als es vorbereitet wurde. Da auf dem Boden sind Abdrücke. Sehr tiefe. Irgendetwas Schweres hat sich in den Boden gedrückt. Die Spuren sind frisch.«

»Und das bedeutet?«, fragte Robin.

»Vielleicht, dass das Fahrzeug manipuliert wurde. Möglicherweise aufgebockt. Das würde gegen einen Selbstmord sprechen. Aber um diese Theorie ausreichend zu belegen, sind die Spuren zu dürftig.«

»Nehmen wir einmal an, Ihre Theorie würde ins Schwarze treffen«, setzte ich an. »Wer käme dann als Täter in Betracht?«

Die Hauptkommissarin antwortete nicht sofort, sondern sah sich erneut die Fotos an und überlegte.

»Der oder die Täter wären jedenfalls Profis. Um so geringe Spuren zu hinterlassen, braucht man eine Menge Erfahrung. Erfahrung, wie sie die Mafia hat. Oder ein Auftragskiller.«

Robin und ich warfen uns einen Blick zu, der der aufmerksamen Kommissarin nicht entging.

»Wer es auch immer ist«, begann Blume und blickte besorgt, »er ist extrem gefährlich.«

30

Alexander Laak hatte nicht damit gerechnet, dass er sich weniger als achtundvierzig Stunden nach seinem Treffen mit Paul Seemann erneut auf der kleinen Lichtung im Wald wiederfinden würde. Dieses Mal hatte sein Justizminister um das Gespräch gebeten: »Alexander, es ist dringend! Wir müssen uns sofort unterhalten. Ungestört.« Kaum waren sie außer Hörweite ihrer Chauffeure, zog Seemann ein zusammengefaltetes Stück Papier aus seinem Mantel.

»Deswegen wollte ich dich sprechen«, sagte er und drückte dem Ministerpräsidenten das Blatt in die Hand. Laak klappte es auf und atmete einmal tief durch. Es war ein Ausdruck des Fotos, das er bereits seinem Sohn gezeigt hatte. Lutz Bariato und Dimitris Stogarev im Vordergrund und dahinter Jeremias.

»Du hättest mir sagen sollen, dass es sich bei der Person, die uns allen schaden könnte, um deinen Sohn handelt! Schon wieder!«, zischte Seemann. Alexander Laak ging auf den Vorwurf nicht weiter ein.

»Woher hast du das, Paul?«

»Die Staatsanwaltschaften sind angewiesen, dem Justizministerium die Sachverhalte zu melden, für die sich die Presse interessieren könnte. Heute früh wurde der Staatsanwaltschaft ein Speicherstick übergeben, auf dem sich eine lange Liste mit allen Anlegern der WIP befand. Und dieses Foto. Man hat deinen Sohn darauf erkannt und mein Ministerium informiert.«

Alexander sagte nichts, sondern dachte nach.

»Ich nehme an«, fuhr Seemann fort, »du hast von dem Tod des Mannes gehört, der auch auf dem Foto ist? Lutz Bariato.«

Laak nickte.

»Die Polizei durchsucht in diesem Moment sein Büro und seine Wohnung. Könnten Sie irgendetwas finden, was deinen Sohn kompromittieren kann?«

Laak zuckte mit den Schultern. »Weiß ich nicht«, sagte er offen.

»Sollte das der Fall sein, dann würde auch gegen deinen Sohn ermittelt werden. Und eine Hausdurchsuchung bei ihm wäre der nächste Schritt.«

»Das musst du verhindern, Paul!« Der Justizminister zuckte zusammen. Der Ministerpräsident hatte ihn beinahe angeschrien. Erschrocken blickte Seemann sich um.

»Nicht so laut, Alexander«, flüsterte er. »Kannst du mir auch verraten, wie ich das machen soll? Wir leben immerhin in einem Rechtsstaat!«

Dass bereits das Gespräch mit dem Ministerpräsidenten erkennen ließ, dass Seemann diesen Rechtsstaat auch nicht wesentlich mehr achtete als ein Stück benutztes Toilettenpapier, schien er in diesem Augenblick zu übersehen. »Und außerdem geht es auch um meine Karriere.« Das zeigte seine Prioritäten schon sehr viel deutlicher. Allerdings wäre auch seine Karriere nicht mehr viel wert, wenn herauskäme, dass der Justizminister den Ministerpräsidenten vor einer bevorstehenden Hausdurchsuchung seines Sohnes gewarnt hat.

»Ich spreche mit Jeremias. Er muss gründlich aufräumen«, sagte Laak und zog sein Smartphone aus der Tasche.

»Und zwar so schnell wie möglich«, stimmte Seemann zu.

31

Eine halbe Stunde später schleppte Jeremias einen Karton, in dem sich mehrere Aktenordner, zwei Notebooks und ein Smartphone befanden, eilig zu dem Kofferraum seines Cabriolets, das er ausnahmsweise vor seiner Villa am Straßenrand geparkt hatte. Der Anruf seines Vaters war eindeutig gewesen. »Schaff alles weg, was auf Lutz hinweist! Sofort!« Und so wanderten einige Kontoauszüge, Spesenrechnungen, Fotos von Firmenreisen und die beiden Notebooks, auf denen sich noch diverse E-Mails befanden, in den nächstbesten Karton. Jeremias würde ihn bei irgendeinem Freund abstellen und später endgültig verschwinden lassen. Ebenso sein Smartphone, was ihn besonders ärgerte, aber es befanden sich zu viele Fotos darauf. Fotos von ihm, Bariato und Dimitris. Und einigen leicht bekleideten Damen in einem von Dimitris' bevorzugten Nachtlokalen.

Jeremias wollte gerade den Kofferraumdeckel zuschlagen, als er hinter sich eine tiefe Stimme hörte.

»Guten Tag, Polizei, mein Name ist Polizeioberkommissar Otte.«

Jeremias drehte sich erschrocken um. Vor ihm stand ein uniformierter Polizeibeamter. Offensichtlich war er soeben aus einem Streifenwagen gestiegen, den Jeremias in der Aufregung nicht gehört hatte.

»Ja?«, fragte Jeremias ängstlich.

»Darf ich fragen, wer Sie sind?«, erkundigte sich der hochgewachsene Polizist freundlich, aber bestimmt.

»Mein Name ist Laak. Ich wohne hier«, sagte Jeremias unsicher und war kurz davor, sich entweder vor Aufregung zu übergeben oder in die Hosen zu machen. Vielleicht auch beides.

»Können Sie sich ausweisen?«, fragte der erfahrene Streifenpolizist, dem Jeremias' nervöses Benehmen nicht entgangen war.

»Äh ... ich bin der Sohn des Ministerpräsidenten«, setzte Jeremias an. Diese Formulierung hatte ihm schon des Öfteren Ärger und unangenehme Fragen erspart.

»Das freut mich sehr«, erwiderte der Polizeioberkommissar trocken und unbeeindruckt. »Dann sind Sie bestimmt im Besitz eines gültigen Personalausweises.«

Obwohl Jeremias spürte, wie sich Schweißperlen auf seiner Stirn bildeten, riss er sich zusammen und holte die wildlederne Brieftasche hervor. Mit nur leicht zitternden Händen zog er seinen Ausweis heraus und übergab ihn dem Polizeibeamten.

»Vielen Dank, Herr Laak«, sagte der Polizeioberkommissar, nachdem er das Dokument routiniert geprüft hatte. »Wir sind hier zurzeit regelmäßig auf Streife, weil vor ein paar Tagen in Ihrer Nachbarschaft eingebrochen wurde.

Schönen Tag noch!« Er drückte Jeremias den Ausweis in die Hand und tippte an seine Schirmmütze.

Jeremias wartete, bis sich der Streifenwagen wieder entfernt hatte. Dann setzte er sich erleichtert an das Steuer seines Autos und fuhr mit allem, was auf seine Beziehung zu Bariato hätte hinweisen können, davon.

32

Jenny Garcia ging mit schnellen Schritten über den Flur der Chefetage. Seitdem der leitende Oberstaatsanwalt pensioniert worden war, hatte sein Stellvertreter, Oberstaatsanwalt Bartelschwing, kommissarisch die Leitung der Behörde übernommen. Unerwarteterweise und entgegen den vorher getroffenen Absprachen hatte sich neben dem auserkorenen Nachfolger ein weiterer Kandidat auf die Stelle beworben. Das Ministerium befürchtete eine Konkurrentenklage und tat das, was es am besten konnte: nichts. Abwarten und Tee trinken. Vielleicht würde der andere Bewerber mürbe werden und die Bewerbung zurückziehen. Dann müsste keine Entscheidung getroffen werden. Oder man würde ihm ein Angebot machen, das er nicht ablehnen konnte.

Jenny Garcia stoppte vor der Tür des Vorzimmers, klopfte an und trat ein.

»Guten Morgen, Frau Garcia«, grüßte die Chefsekretärin freundlich. »Ich sage Bescheid, dass Sie da sind.«

Sie stand auf und verließ den Raum durch die Zwischentür zum Chefzimmer. Jenny nutzte den Moment für einen flüchtigen Blick in den Spiegel. Die kurzen, schwarzen Haare saßen perfekt, Bluse und Jackett waren gerichtet. ›Passt‹, dachte Jenny zufrieden. Ihr Vorgesetzter hatte sie um ein Gespräch gebeten, wahrscheinlich ging es um das WIP-Verfahren, das Jenny seit Kurzem bearbeitete. Vermutlich wollte sich der stellvertretende Behördenleiter einen Eindruck vom Stand der Ermittlungen verschaffen. Die Chefsekretärin kehrte zurück.

»Bitte treten Sie ein!«

Durch die Zwischentür gelangte die junge Staatsanwältin in das große Büro des leitenden Oberstaatsanwaltes, in das Bartelschwing mittlerweile umgezogen war, bis ein Nachfolger ernannt werden würde. An dem Besprechungstisch in der vorderen Hälfte des Raumes saßen Jennys Abteilungsleiter, Oberstaatsanwalt Dr. Bemser, und der stellvertretende Behördenleiter Bartelschwing. Beide erhoben sich, als Jenny eintrat. Bartelschwing ergriff das Wort.

»Hallo, liebe Frau Garcia! Danke, dass Sie so schnell gekommen sind. Bitte nehmen Sie Platz. Einen Kaffee?«

Jenny verneinte und setzte sich auf den gepolsterten Stuhl gegenüber dem kommissarischen Behördenleiter.

»Ich habe großartige Neuigkeiten für Sie«, fuhr Bartelschwing fort, kaum dass Jenny Platz genommen hatte. »Das Ministerium hat eine Stelle im Dezernat Z ausgeschrieben, auf die Sie sich bewerben sollen.«

Jenny wusste nicht, was sie sagen sollte. Eine Ministeriumsstelle wäre das Karrieresprungbrett schlechthin. Eigentlich war sie dafür ein wenig zu jung. Jenny strahlte bis über beide Ohren.

»Das ist …«, setzte sie an.

»Ja. Nicht wahr?«, unterbrach Bartelschwing sie. »Ich habe hier bereits alles für Sie vorbereitet.« Er griff nach einer dünnen schwarzen Aktenmappe, die vor ihm auf dem Tisch lag, und holte ein bedrucktes Blatt Papier hervor.

»Sie müssen nur noch hier unterschreiben. Dann kann es schon am Montag losgehen.«

»Schon Montag?«, wunderte sich Jenny.

»Ja. Scheint dem Ministerium sehr eilig zu sein. Ist das ein Problem?«

»Ich bin mitten in dem Ermittlungsverfahren WIP«, antwortete Jenny. »Wir haben gestern einen Speicherstick mit wichtigem Datenmaterial erhalten. Und heute war die Hausdurchsuchung bei dem verstorbenen Sachverständigen Lutz Bariato.«

»Darum kann sich dann Ihr Nachfolger kümmern, Frau Garcia«, winkte Bartelschwing jovial ab.

»Gut, dann werde ich alles mit ihm besprechen. Es ist wichtig, keine Zeit verstreichen zu lassen. Wer wird mein Nachfolger?«

»Darüber haben wir noch gar nicht nachgedacht. Das wird sich finden. Ich gratuliere Ihnen, Frau Garcia!«

»Danke schön.« Jenny griff nach dem ausgefüllten Bewerbungsformular und wollte gehen.

»Ach, da fällt mir gerade noch etwas ein …«, hielt Bartelschwing Jenny zurück.

»Ja?« Die junge Staatsanwältin setzte sich wieder.

»Ich habe gehört, dass Sie das Ermittlungsverfahren erweitern wollen. Gegen Jeremias Laak?«

Jenny nickte. »Ja. Auf dem Speicherstick war ein Foto, auf dem er mit Lutz Bariato und Dimitris Stogarev, dem Geschäftsführer der WIP, abgebildet ist. Bei der Hausdurchsuchung heute haben wir in Bariatos Schreibtisch ein kleines Notizbuch gefunden, in dem verschiedene Namen auftauchen, immer im Zusammenhang mit irgendwelchen Geldbeträgen. Ein Eintrag lautete ›Jeremias Laak, sechzigtausend Euro, bar‹.«

»Dabei kann es sich doch nur um ein Missverständnis handeln. Jeremias Laak ist der Sohn unseres Ministerpräsidenten«, gab Bartelschwing zu bedenken.

»Ich fürchte, es ist kein Missverständnis. Ich bin soeben dabei, einen Durchsuchungsbeschluss für seine Villa zu beantragen«, erwiderte Jenny.

»Davon muss ich ganz entschieden abraten«, sagte Bartelschwing in einem beinahe väterlichen Tonfall. »Sie verrennen sich da in etwas. Am besten stellen Sie das Verfahren gegen Jeremias Laak ein. Sie hätten gar keines einleiten sollen, das war etwas voreilig. Ich habe deswegen schon mit Ihrem Abteilungsleiter gesprochen. Er ist derselben Meinung wie ich.«

Jenny blickte zu Oberstaatsanwalt Bemser, der bis jetzt geschwiegen hatte. Er nickte. »Sehe ich auch so«, sagte Bemser in seiner üblichen schläfrigen Art.

»Ich sehe das anders«, antwortete die junge Staatsanwältin ebenso freundlich wie selbstbewusst. »Und solange ich noch die Ermittlungen leite, werde ich so weitermachen, wie ich es gerade erklärt habe.«

»Nun. Ich könnte Sie natürlich anweisen, das Verfahren

einzustellen«, sagte Bartelschwing und beugte sich auf seinem Sessel nach vorn.

»Natürlich«, entgegnete Jenny freundlich. »In diesem Fall müsste ich formell widersprechen. Denn das Verfahren bei dieser Sachlage einzustellen, könnte sich als Strafvereitelung im Amt darstellen.«

Bartelschwing wurde ungehalten. »Nun lassen Sie mal die Kirche im Dorf und werden Sie nicht unverschämt.« In einem ruhigen, aber dennoch sehr deutlichen Ton fügte er hinzu: »Alexander Laak ist nicht nur der Ministerpräsident, sondern auch ein enger Parteifreund unseres Justizministers. Ich kann mir nicht vorstellen, dass der Justizminister eine Staatsanwältin in sein Ministerium holen würde, die völlig grundlos gegen den Sohn eines guten Freundes ermittelt.«

Jenny schwieg. Damit hatte der stellvertretende Behördenleiter völlig recht. Sie würde einen sogenannten EdK-Vermerk in ihrer Personalakte erhalten. EdK – Ende der Karriere. Einer Karriere, die soeben erst begonnen hatte. Einer Karriere, der sie jetzt richtig auf die Sprünge helfen könnte, wenn sie dafür nur ein einziges Mal über ihren eigenen Schatten springen würde.

»Ich verstehe«, sagte Jenny schließlich.

»Das ist gut, meine Liebe.« Bartelschwing lehnte sich zufrieden in seinem Sessel zurück und legte die Spitzen seiner Finger aneinander. »Der Minister wird sich über Ihre Bewerbung sehr freuen.«

Jenny stand auf und nahm das Bewerbungsformular in die Hand. »Das glaube ich nicht. Es wäre die Bewerbung einer Staatsanwältin, die eine Hausdurchsuchung bei dem Sohn seines Parteifreundes durchgeführt hat. Und deshalb …«

Jenny zerriss das Bewerbungsformular in der Mitte. »Werde ich es erst gar nicht versuchen.«

33

Was ist denn so dringend?«, fragte Robin außer Atem, als sie in mein Büro stürmte.

»So fertig von den paar Stufen?«, grinste ich. »In deinem Alter war ich besser in Form.«

»Dann sollten wir wohl mal zusammen trainieren«, erwiderte sie und kniff ein Auge zu. »Vielleicht kann ich von einem erfahrenen Mann noch etwas lernen.«

Robin beeindruckte mich. Es gelang ihr immer wieder, mich mit einem zweideutigen Spruch verlegen zu machen. Oder bildete ich mir die Zweideutigkeit nur ein?

»Also?«, fragte sie.

»Äh … Ja … Wir können zusammen trainieren«, sagte ich und fügte sicherheitshalber hinzu: »Also joggen, meine ich.«

Robin lachte. »Das war es eigentlich nicht, was ich meinte.« Meine Verlegenheit amüsierte sie. »Ich meinte: Also, warum sollte ich so schnell vorbeikommen?«

»Ach so!« Ich griff nach einem Computerausdruck, der vor mir auf dem Schreibtisch lag. »Sieh mal, was gerade gefaxt worden ist.«

Robin nahm die mit einer Büroklammer zusammengehaltenen Seiten in die Hand und überflog sie.

»Die Staatsanwaltschaft beantragt also tatsächlich einen Durchsuchungsbeschluss für die Laak-Villa?«, sagte Robin mit aufgerissenen Augen.

»Ja, ich bin gerade dabei, den Durchsuchungsbeschluss fertig zu machen. Es fällt in meine Zuständigkeit. Die Staatsanwaltschaft hat bei Bariato ein Notizbuch gefunden, das eindeutige Anhaltspunkte dafür enthält, dass er Jeremias sechzigtausend Euro in bar übergeben hat.«

Ich klickte auf den Druckbefehl, und nichts passierte.

»Ist der Drucker kaputt?«, fragte Robin.

»Nein«, antwortete ich, stand auf und ging zu meinem Kaffeeautomaten.

»Ist das Papier alle?«, versuchte es die Journalistin weiter.

»Nein, das habe ich heute Morgen frisch aufgefüllt. Möchtest du einen Kaffee?«

Robin schüttelte den Kopf. »Ist das WLAN gestört?«

Ich lachte laut. »Wir sind hier in der Justiz! Unsere Drucker haben doch kein WLAN!« Nachdem ich meine Kaffeetasse aufgefüllt hatte, setzte ich mich wieder an meinen Schreibtisch.

»Warum druckt der Drucker dann nicht?« Robin wurde ungehalten. Ich lehnte mich in meinem Stuhl zurück und trank einen Schluck Kaffee. In diesem Moment begann der Drucker seine Arbeit.

»Dauert das etwa immer so lange?«, fragte sie entgeistert.

»Nein, heute ist er eher schnell.« Ich überflog den dreiseitigen Durchsuchungsbeschluss und unterzeichnete ihn.

»Und was machen wir jetzt?«, fragte Robin gespannt.

»Jetzt bringen wir den Beschluss zu Sabine, damit sie ihn an die Staatsanwaltschaft faxt. Und dann gehen wir gemütlich mittagessen.«

Das Mittagessen war leider alles andere als gemütlich. Nur eine knappe Stunde später saßen wir wieder in meinem Büro. Oder besser: Ich saß. Robin lief unruhig wie eine in einen Käfig eingesperrte Raubkatze hin und her.

»Wie kannst du so ruhig bleiben?«, fragte die Journalistin.

»Übungssache. Das ist der Fluch meines Berufs. Wenn es richtig spannend wird, bin ich nie dabei. Die spannenden Arbeiten haben die Polizeibeamten und manchmal die Staatsanwälte. Der Job des Richters ist es, denen, die die spannende Arbeit haben, im Nachhinein zu erklären, was sie alles falsch gemacht haben.«

Robin lachte und setzte sich endlich auf einen Stuhl am Besprechungstisch. In diesem Moment klingelte mein Bürotelefon. Eine Nummer der Staatsanwaltschaft. Ich nahm den Hörer des Telefons in die Hand und schaltete gleichzeitig den Lautsprecher ein, sodass Robin mithören konnte. »Buckmann.«

»Hallo, Herr Buckmann, Jenny Garcia hier.« Die junge Staatsanwältin klang frustriert. »Ich wollte mich bei Ihnen bedanken, dass Sie den Durchsuchungsbeschluss so schnell erlassen haben. Leider hat es nichts gebracht.«

»Warum nicht?«

»Jeremias Laak wusste, dass wir kommen. Es war gar nichts mehr im Haus. Notebook weg, Handy weg, ein paar Aktenordner fehlten auch. Ich habe keine Ahnung, wie er davon Wind bekommen haben könnte.«

»All animals are equal, but some are more equal than others«, brummte ich.

»Wie bitte?«

»Alle Tiere sind gleich, aber manche sind gleicher. Ein Spruch aus *Animal Farm* von George Orwell.«

»Ich gestehe, das habe ich nie gelesen«, lachte die Staatsanwältin.

»Müssen Sie auch nicht. Es genügt völlig, unseren Rechtsstaat zu beobachten, dann kennen Sie den Inhalt des Buches. Ich danke Ihnen, dass Sie mich angerufen haben, Frau Garcia.«

Wir verabschiedeten uns, und ich legte den Hörer auf. Dann drehte ich mich zu Robin um.

»All animals are equal, but some are more equal than others«, wiederholte die Journalistin.

»Man gewöhnt sich daran, je länger man für die Justiz arbeitet«, sagte ich und atmete einmal tief ein und wieder aus. »Der eine mehr, der andere weniger.«

Robin sah mich nur an. Schließlich fragte sie leise: »Und welcher bist du, Siggi? Der eine oder der andere?«

34

Kleiner Mann, deine Anrufe werden langsam lästig«, meldete sich Dimitris Stogarev.

»Entschuldige, Dimitris«, antwortete Jeremias mit noch immer zitternder Stimme, obwohl er fast eine halbe Flasche Scotch geleert hatte, nachdem die Polizeibeamten wieder verschwunden waren. »Die Polizei hat mein Haus durchsucht.«

Einen Moment lang blieb es still am anderen Ende.

»Haben sie was gefunden?«, fragte Dimitris schließlich.

»Nein. Mein Vater hatte mich gewarnt. Ich habe alles weggebracht, was auf eine Verbindung zu dir oder Bariato hindeutet.«

»Gut gemacht, kleiner Mann. Dann ist ja alles in Ordnung.« Dimitris wollte das Gespräch beenden.

»Nein. Die Staatsanwaltschaft hat einen Speicherstick erhalten, auf dem ein Foto von mir … von uns ist.«

»Und weißt du auch, woher?«, fragte Dimitris.

»Nein. Aber das Foto hatte dieser Reporter auch.«

»Und glaubst du, dass er noch mehr weiß?«

Jeremias war sich völlig klar darüber, welche Konsequenzen seine Antwort haben würden.

»Ja. Wenn er wieder aufwacht und mit der Polizei redet …«

»Ich erledige das.« Dimitris legte auf, und Jeremias widmete sich der zweiten Hälfte der Whiskeyflasche.

35

Weniger als eine Stunde später betrat Vasili das Stilos-Hospital durch den Haupteingang. Vasili sah aus wie ein Durchschnittstyp – mittelgroß, mittelschwer, mittelblond. Ein Gesicht, das man schon in dem Augenblick wieder vergessen hatte, da er an einem vorbeigegangen war. Gerade das machte ihn für Dimitris' Organisation so wertvoll. Das und sein Medizinstudium, das er erst nach acht Semestern abgebrochen hatte. Vasili kannte sich in Krankenhäusern aus, er kannte die Abläufe, das Verhalten, die Dienstroutinen. Selbstsicher und unauffällig, so als wäre er jeden Tag in dem Gebäude, passierte er den Eingangsbereich und verschwand auf der nächsten Toilette. Dort nahm er aus einem kleinen Beutel eine blaue Hose, ein blaues Shirt und einen Arztkittel und zog sich um. Zuletzt holte er aus dem Beutel ein kleines Brillenetui hervor, das er vorsichtig in seiner Hosentasche verschwinden ließ. Vasili nutzte das Treppenhaus, um auf die Etage zu gelangen, auf der sich die Intensivstation befand. Er wartete einige Schritte vor der verschlossenen Stationstür. Als ein Pfleger sie von innen öffnete, um die Station zu verlassen, huschte Vasili unauffällig hindurch. Es wäre kein Problem für Vasili gewesen, sich in die Datenbank des Hospitals zu hacken, um die Zimmernummer des Journalisten zu erfahren. Aber ein Anruf mit verstellter Stimme und die Behauptung, man sei ein Onkel des Patienten, hatten völlig ausgereicht. So viel zum Datenschutz. Vasili steuerte direkt auf das Zimmer zu, in dem der Journalist lag. In einem günstigen Moment trat er ein. Nur zwei Betten befanden sich in dem großen Raum, und nur eines davon war belegt. Vasili hatte zwar ein Foto des Journalisten gesehen und sich dessen Gesicht gut eingeprägt, er musste sich jedoch an dem Namensschild am Fußende des Bettes orientieren, denn das Gesicht des Journalisten war kaum noch zu erkennen. Offensichtlich hatte er sich bei dem Unfall mehrfach den Kiefer gebrochen, denn dieser war mit Draht zusammengebunden worden. Das linke Auge war verbunden, ebenso ein großer Teil des Kopfes. Der Journalist wurde über die Nase mit Sauerstoff versorgt. An einem Tropf hingen zwei Beutel mit einer Infusionslösung, die den jungen Mann über einen Venenkatheter im rechten Arm versorgten.

Vasili nahm das Brillenetui aus der Hosentasche und öffnete es behutsam. Im Inneren befand sich eine kleine Spritze. Vasili entfernte die Schutzkappe von der Nadel. Dann nahm er vorsichtig den Arm des Journalisten und führte die Nadel in das Einspritzventil des Venenkatheters ein. Vorsichtig leerte er die in der Spritze enthaltene Flüssigkeit. Es war ein Cocktail, auf den Vasili besonders stolz war. Er würde in der nächsten halben Stunde einen Herzstillstand verursachen und war praktisch nicht nachzuweisen, es sei denn, man wusste, wonach man suchen muss. Vasili verstaute die Spritze wieder in dem Brillenetui und verließ zufrieden das Zimmer. Nachdem er sich in der Toilette wieder umgezogen und seine Sachen in dem Beutel verstaut hatte, ging er entspannt durch den Haupteingang des Krankenhauses, während er eine SMS an Dimitris schrieb, die aus nur einem Wort bestand: *Vypolneno – Erledigt.*

36

Robin saß in Jogginghose und Sweatshirt mit nackten Füßen auf dem Barhocker in ihrer Wohnküche vor einem nagelneuen silbergrauen Notebook mit Sechzehn-Zoll-Monitor und beobachtete, wie sich das System einrichtete und ein Back-up aus ihrer Cloud hochlud. Neben dem Notebook standen ein Weinglas und eine frisch geöffnete Flasche Weißburgunder, Siggis Geschenk. Robin griff nach dem Glas, nippte daran und verzog das Gesicht. ›Vielleicht taugt er zum Kochen‹, dachte sie und stellte das Glas zurück. Dann sprang sie von ihrem Barhocker und holte eine Flasche Bier aus dem Kühlschrank. In diesem Moment vibrierte ihr Smartphone, das auf der Küchenzeile lag. Robin drückte auf die Lautsprechertaste und meldete sich.

»Hallo, Robin!«, hörte sie die Stimme ihrer Kollegin und guten Freundin aus dem Lautsprecher. »Du wolltest dich doch melden. Ist alles in Ordnung?«

Robin berichtete, was seit ihrem letzten Telefonat geschehen war. Von Karstens Speicherstick, dem Gespräch mit Jeremias Laak und dem seltsamen Tod von Lutz Bariato.

Den Einbruch in ihrer Wohnung verschwieg sie geflissentlich. Sie wollte Maria nicht beunruhigen.

»Als Journalistin würde ich morden, wenn ich Siggis Kontakte zur Polizei und zur Staatsanwaltschaft hätte«, beendete Robin ihren Bericht.

»*Siggis* Kontakte? Du nennst ihn beim Vornamen?«, fragte Maria erstaunt.

»Na ja ... wir sind uns etwas nähergekommen«, sagte Robin und merkte, dass sie verlegen wurde.

»Bitte was? Hast du vergessen, dass er in einen Mord verwickelt ist?«

»Das war ... ist nur eine Theorie. Bisher habe ich nichts gefunden, was sie beweisen könnte«, sagte Robin. ›Außer seiner seltsamen Reaktion, als er die Bilder auf dem Laptop gesehen hatte‹, ergänzte Robin in Gedanken. »Und er hat mir sofort geholfen, als ich ihm von Karstens Unfall erzählt habe.«

»Süße! Der ist doch schon fast sechzig!«, versuchte es Maria auf eine andere Art.

»Anfang fünfzig«, korrigierte Robin. »Und in verdammt guter Form für einen Mann in seinem Alter.«

»Ach? Das hast du schon getestet?«, fragte Maria entsetzt und amüsiert zugleich. »Du kleines Flittchen.«

Robin lachte. »Nein. Das meine ich nicht.« Nach einem Augenblick fügte sie hinzu: »Aber ... so abwegig ist das jetzt auch nicht.«

Jetzt musste Maria lachen. »Sage ich doch: kleines Flittchen!«

»Hey! Du bist ganz schön frech zu einer Frau, die in einer höheren Gewichtsklasse boxt und deine Reichweite übertrifft!«

»Da bin ich ja beruhigt, dass mich meine Freundin nie schlagen würde.« Dann klang Maria plötzlich sehr besorgt: »Robin, bitte sei vorsichtig. Solltest du mit deiner Theorie richtig liegen …«

Darüber hatte Robin auch schon nachgedacht. Oder vielmehr hatte sie den Gedanken schon einige Male recht erfolgreich verdrängt, wenn er aufgekommen war.

»Ich weiß.« Robin seufzte. »Ich weiß.«

Für einen Augenblick herrschte Stille.

»Ich habe heute früh mit Karstens Bruder telefoniert«, wechselte Maria schließlich das Thema, wofür Robin dankbar war. »Sein Zustand hat sich nicht verändert. Aber er ist wenigstens stabil.«

»Das ist doch schon mal etwas«, erwiderte Robin. »Karsten ist zäh. Der wird schon wieder!«

»Das hoffe ich auch.« Robin hörte ein Klingeln aus dem Lautsprecher.

»Da ruft jemand auf der anderen Leitung an«, erklärte Maria. »Wir sprechen uns morgen Abend, ja?«

»Ist gut. Bis dann.« Robin beendete das Gespräch.

Dann nahm sie einen Öffner aus der Schublade der Küchenanrichte und setzte sich mit der Bierflasche wieder auf ihren Barhocker. Das Update des Notebooks war beinahe beendet. Die Journalistin lehnte sich zurück, setzte die geöffnete Flasche an die Lippen und nahm einen großen Schluck. In diesem Moment vibrierte das Handy erneut. Robin rutschte von ihrem Barhocker, ging zur Küchenzeile und blickte auf das Display des Smartphones. Stirnrunzelnd betätigte sie die Lautsprechertaste.

»Hallo, Maria, hast du was vergessen …«, begann Robin.

»Karsten ist tot.«

Robin spürte, wie sich ihr Hals zuschnürte. Tränen schossen in ihre Augen, und eine Zeit lang war sie unfähig, etwas zu erwidern.

»Was … wieso …«, brachte sie schließlich hervor.

»Sein Bruder hat mich gerade angerufen«, sagte Maria leise. »Er hatte heute Nachmittag einen Herzstillstand.«

37

Meine Ehefrau Britta war die typische Ausdauerathletin, Marathon, Spinning, Joggen – sie sagte immer: »Training unter zwei Stunden ist kein Training.« Ich habe diesen ganzen Kardiokram immer gehasst – selbst als ich noch geboxt habe. Was mich schließlich vor einigen Wochen dazu bewogen hat, regelmäßig zu joggen, war meine Gesundheit. Denn die war plötzlich in Gefahr, als mich die Schläger von Ercan Ayaz, dem erst kürzlich und viel zu spät verstorbenen Chef eines örtlichen Drogenrings, beinahe erwischt hätten und mich nur ein längerer Sprint vor gebrochenen Knochen und Schlimmerem bewahrt hatte. Seitdem lief ich dreimal wöchentlich sechs Kilometer. So auch an jenem Abend, und da ich nach dem Lauf noch fit genug war, hängte ich ein ausführliches Hanteltraining an. Mit anderen Worten: Ich hätte in dieser Nacht verdammt gut geschlafen.

Als ich gerade unter der Dusche hervorkam und überlegte, ob es sich noch lohnen würde, den Fernseher einzuschalten, summte mein Smartphone. Robins Handynummer erschien auf dem Display.

»Hallo, Siggi.« Ich hörte sofort, dass irgendetwas mit ihr nicht stimmte. »Mein Kollege … Karsten … er ist tot.« Nach einer kurzen Pause fügte sie hinzu: »Es ist schon spät … aber … kannst du vielleicht vorbeikommen?«

»Bin unterwegs.«

Ich zog Jeans und T-Shirt an, streifte ein Hemd über und verließ meine Wohnung. Eine Viertelstunde später stand ich vor Robins Appartement. Die Journalistin öffnete die Tür. Sie hatte leicht gerötete Augen. Spontan machte sie einen Schritt auf mich zu und umarmte mich.

»Danke, dass du da bist.«

Wir gingen in ihr Wohnzimmer, Robin setzte sich neben mich auf das Sofa und zog die Beine an. Eine Zeit lang saßen wir einfach so da. Nach einer Weile begann sie das Gespräch.

»Wir kannten uns seit dem Studium, Maria, Karsten und ich. Schon damals haben wir drei viel zusammen unternommen. Auch als ich begann, in der Welt herumzureisen, verloren wir nie den Kontakt.« Robin lächelte. »Karsten und Maria sind … waren ganz anders als ich. Sie wollten nie von hier weg. Für mich war die Welt früher gar nicht groß genug. Aber trotzdem sind sie … sie sind meine Familie.«

Robin sprach über ihre Studienzeit, erzählte Anekdoten von sich, von Karsten und Maria. Irgendwann stand sie auf und holte zwei Flaschen Bier aus dem Kühlschrank.

»Heute Nachmittag in deinem Büro … Die Sache mit der Durchsuchung bei dem Sohn des Ministerpräsidenten. All animals are equal, but some are more equal than others. Du nimmst an, dass er gewarnt worden ist. Von jemandem aus der Justiz.«

Ich nickte.

»Du hast so etwas schon öfter erlebt, oder?« Robin reichte mir eine Flasche und setzte sich wieder.

»Oft genug«, antwortete ich.

»In der Zeitung liest man immer nur von Justizskandalen in anderen Ländern.«

Ich lächelte. »Kennst du den Spruch: Der größte Trick des Teufels war es, den Menschen weiszumachen, dass er nicht existiert?« Ich trank einen Schluck aus der Flasche. »Wenn wir oft genug auf andere zeigen, lenken wir von unseren eigenen Fehlern ab. Und unsere Justiz hat eine Menge davon.«

»Frustriert dich das nicht?«, fragte Robin.

»Doch, immer und immer wieder von Neuem.«

Und plötzlich erzählte ich Robin von Fredi, dem Junkie, der an schlecht gestrecktem Stoff gestorben war. Von dem Ermittlungsverfahren gegen Ercan Ayaz und von dem Justizminister, der sich in die Ermittlungen einmischte, um seinem alten Freund Rechtsanwalt Schädel, dem Verteidiger von Ayaz, einen Gefallen zu erweisen. Und wie der Präsident des Landgerichts und der stellvertretende Behördenleiter der Staatsanwaltschaft versucht hatten, das Verfahren zu beeinflussen.

Irgendwann rückte Robin näher und lehnte sich mit ihrem Rücken an meine Schulter. ›Sie könnte meine Tochter sein‹, dachte ich. ›Und die Frau, die mich ins Gefängnis bringt.‹

»Und was ist dann geschehen?«, fragte Robin.

Ich wollte ihr erzählen, wie Ayaz meine Tochter bedroht hatte, wie er meinen Referendar Hamid zusammenschlagen ließ und wie er mir seine Leute auf den Hals gehetzt hatte. Und was ich getan hatte, als ich keinen anderen Ausweg mehr sah. Doch dann fielen mir die Artikel auf ihrem Laptop wieder ein, die ich durch Zufall entdeckt hatte.

»Ayaz wurde eingesperrt und ermordet, bevor er vor Gericht gestellt werden konnte.«

»Also hat er seine gerechte Strafe bekommen?«

»Nein. Gerecht wäre es gewesen, ihn wegen seiner Verbrechen anzuklagen und zu verurteilen. Ayaz' Tod ist der Beweis für das Versagen unseres Systems.«

Robin erwiderte nichts, sondern nahm meinen Arm und legte ihn um ihre Schulter.

›Ich bin ein verheirateter Mann‹, dachte ich.

›Aber seit Jahren getrennt lebend, oder?‹, hörte ich Uli.

Ich genoss den Augenblick, spürte Robins weiche Hände auf meinem Arm und roch ihr dezentes Parfum. Dann schloss ich für einen kurzen Moment die Augen.

Als ich sie wieder öffnete, stellte ich fest, dass es doch ein etwas längerer Moment gewesen sein musste, was ich vor allem daran erkannte, dass draußen die Sonne aufging. Und dass ich nicht mehr auf dem Sofa saß, sondern lag, mit einer Wolldecke zugedeckt und mit einem Kissen unter dem Kopf. Ein Geräusch aus Robins Wohnküche erregte meine Aufmerksamkeit.

»Guten Morgen! Kaffee?«, fragte Robin freundlich.

Ich schlug die Decke zurück und setzte mich aufrecht hin. »Morgen. Gern«, brummte ich. Ich war noch nie ein Frühaufsteher gewesen.

Robin stand in der Küche, in einer grauen Jogginghose und einem weißen Tanktop, und holte einen Kaffeebecher aus dem Schrank über der Spüle. Als ich aufstand, musste ich feststellen, dass ich viel zu alt war für Nächte auf fremden Sofas. Mein Nacken war steif und mein Lendenwirbel wahrscheinlich zerquetscht, jedenfalls fühlte er sich so an. Ich streckte mich ausgiebig und versuchte, mit den Fingerspitzen den Boden zu berühren. Bis zu meinen Knien reichte es. Fast. Dann schlurfte ich zur Küchenzeile, wobei ich mich bemühte, dynamisch und jugendlich zu schlurfen. Robin stellte den Becher auf die Plattform des Kaffeeautomaten und drückte eine Taste. Dann reichte sie ihn mir mit einem amüsierten Blick.

»Gut geschlafen?«

»Na, so einigermaßen. Ein bisschen verlegen. Dein Sofa ist nicht sehr bequem.«

Robin grinste. »Mein Bett ist viel bequemer.« Nach einem Moment fügte sie zwinkernd hinzu. »Wollte es nur erwähnt haben.«

Ich wollte etwas erwidern, doch in diesem Moment summte ein Smartphone.

»Das muss deins sein, Siggi«, sagte Robin.

Ich rutschte von dem Barhocker an Robins Kücheninsel und ging zu dem kleinen Couchtisch, auf dem meine Brieftasche und mein Smartphone lagen. Das Display zeigte die Nummer eines Polizeianschlusses.

»Buckmann?«

»Hallo, Herr Buckmann. Connie Blume hier. Störe ich?«

»Nein, Frau Blume, überhaupt nicht. Was gibt es?«

»Sie waren doch vor ein paar Tagen hier und haben sich nach dem Autounfall dieses Journalisten erkundigt«, setzte die Kriminalkommissarin an.

»Ja. Ich weiß, dass er gestern Nachmittag verstorben ist.« Robin wurde aufmerksam und stellte sich so dicht neben mich, dass sie das Gespräch mithören konnte.

»Darum geht es«, fuhr die Polizistin fort. »Ich hatte das Krankenhaus gebeten, uns zu benachrichtigen, wenn sich sein Zustand ändert, damit wir ihn befragen können, sobald er aufwacht. Gestern rief mich die Stationsschwester an, um mir zu sagen, dass er verstorben ist. Herzstillstand. Rein routinemäßig fragte ich sie, ob sonst irgendetwas Merkwürdiges passiert sei. Die Schwester berichtete, dass ihr an diesem Tag ein Arzt auf der Station aufgefallen sei, den sie zuvor noch nie gesehen habe.«

»Gibt es eine Personenbeschreibung?«, fragte ich.

Die Kommissarin schnaubte. »Ja. Aber keine gute. Wir suchen anscheinend Max Mustermann. Sie wissen schon, den typischen Durchschnittsmenschen. Mittlere Größe, mittleres Gewicht, mittleres Alter. Die Beschreibung trifft auf Tausende zu.«

Ich überlegte. »Werden Sie eine Autopsie veranlassen?«

»Ich werde es jedenfalls anregen. Aber versprechen Sie sich nicht zu viel davon. Äußere Anzeichen für eine Gewalteinwirkung sind nicht vorhanden. Und sollte es Gift gewesen sein … Es gibt Dutzende, die keine Spuren hinterlassen und zu einem Herzstillstand führen können.«

Damit hatte die Kriminalkommissarin leider recht.

»Vielen Dank, Frau Blume, dass Sie mich informiert haben.«

»Sehr gern! Ich melde mich, sobald sich etwas Neues ergibt.«

Ich beendete das Telefonat und sah Robin an. Die Farbe war aus ihrem Gesicht verschwunden. Es dauerte eine Weile, bis sie etwas sagen konnte.

»Das kann nicht sein!« Sie sah mich an. »Oder doch?«

»Vielleicht war es ein Zufall. Ein Arzt, der ausgeholfen hat. Oder jemand, der etwas stehlen wollte. Vor ein paar Jahren hat sich mal ein Dieb als Pfleger verkleidet und Patienten bestohlen.« Allerdings nicht auf der besonders geschützten Intensivstation, wo das Risiko einer Entdeckung sehr viel höher ist als auf den anderen Stationen. Aber das verschwieg ich in diesem Moment. Robin drehte sich um und entfernte sich einige Schritte von mir. Sie dachte nach. Plötzlich drehte sie sich ruckartig zu mir herum.

»Glaubst du, dass Karsten ermordet wurde?«

Ich antwortete nicht. Robin kam näher und ließ mich nicht aus den Augen.

»Glaubst du, dass Karsten ermordet wurde?«, wiederholte sie.

»Die Beweise sind nicht eindeutig …«, setzte ich an, wurde aber unterbrochen.

»Das habe ich nicht gefragt. Ich will nicht wissen, was man vor Gericht beweisen kann. Ich will nur wissen, was du glaubst! Wurde Karsten ermordet?«

Ich atmete tief ein und wieder aus. Dann nickte ich langsam.

38

Guten Morgen, Paul«, grüßte Alexander Laak seinen Justizminister in der großen Lobby des Landtages, in der um diese Uhrzeit noch wenig Betriebsamkeit herrschte. Seemann stand neben der prunkvollen Treppe aus hellem Holz, die hinauf in den Plenarsaal führte.

»Guten Morgen, Alexander«, erwiderte Paul Seemann den Gruß. »Du scheinst gut aufgelegt zu sein.«

Laak nahm Seemann zur Seite. »Natürlich! Die Hausdurchsuchung verlief ergebnislos. Aber das weißt du ja.«

Seemann nickte. »Es tut mir leid, dass es überhaupt so weit gekommen ist.«

Der Ministerpräsident winkte großzügig ab. »Schwamm drüber! Ich wusste ja rechtzeitig Bescheid.«

Ein Mitarbeiter des Gebäudes ging an den beiden Politikern vorüber und grüßte höflich.

»Aber es wäre trotzdem gut, wenn du veranlassen könntest, dass der Fall dieser übereifrigen jungen Staatsanwältin entzogen wird«, sagte Alexander Laak, nachdem der Mann wieder außer Hörweite war.

Seemann nickte. »Natürlich. Ich werde das sofort veranlassen.«

»Es wird dir nicht schwerfallen. Meine Anwälte bereiten in diesem Moment eine Beschwerde gegen den Durchsuchungsbeschluss vor.«

Seemann machte ein verblüfftes Gesicht.

»Warum? Die Polizei hat doch nichts gefunden.«

Der Ministerpräsident schmunzelte. »Paul, du musst noch so viel lernen«, sagte er herablassend. »Eine Durchsuchung ohne Ergebnis ist gut. Eine Durchsuchung ohne Ergebnis, die sogar rechtswidrig war, ist besser. Denn daraus lässt sich vielleicht noch Kapital schlagen. Zumindest dann, wenn unsere Gegner davon Wind bekommen und es gegen uns verwenden wollen.«

Seemann nickte. »Ah, ich verstehe.« Dann dachte er nach. »Aber warum bist du dir so sicher, dass die Durchsuchung für rechtswidrig erklärt wird?«

Laak lächelte selbstsicher. »Weil ich weiß, welche Kammer des Landgerichts dafür zuständig ist. Der Vorsitzende dieser Kammer ist Richter Ehrmann.«

»Bernd Ehrmann? Der Stadtrat?«

»Genau der! Wir saßen vor über zwanzig Jahren zusammen im Rat und kennen uns gut. Und Bernd möchte auch weiterhin Stadtrat bleiben. Das hat er mir heute Morgen gesagt, als ich ihn angerufen habe. Nur ein kleines Gespräch unter alten Parteifreunden.«

Seemann grinste. »Das trifft sich gut.«

»Wir sehen uns, Paul!« Laak klopfte seinem Justizminister auf die Schulter und ging in Richtung des Cafés, das inmitten der großen Lobby untergebracht war. An einem der kleinen edlen Tische, die mit schicken schwarzen Ledersesseln bestückt waren, wartete bereits sein Assistent mit zwei Espressotassen.

»Herr Laak, ich habe soeben einen Telefonanruf erhalten. Sie erinnern sich an den Journalisten, der einen Gesprächstermin haben wollte, Karsten Bosse?«

Die Gesichtszüge des Ministerpräsidenten verhärteten sich. »Ja. Was ist mit dem?«

»Er ist gestern Nachmittag im Krankenhaus verstorben. Herzstillstand.«

Laak lehnte sich entspannt in seinem Ledersessel zurück. Ein zufriedenes Lächeln huschte über sein Gesicht, während er genüsslich die Espressotasse an den Mund führte.

»Ach, wie schade.«

39

Nachdem Siggi Buckmann das Appartement verlassen hatte, lockerte Robin Nacken und Schultern, streifte die Boxhandschuhe über und ging zu dem schweren Sandsack in der Mitte des Wohnzimmers. Sie wollte den Kopf freibekommen. Und dafür kannte sie ein todsicheres Mittel. Robin hob die Fäuste und verlagerte das Gewicht auf die nackten Fußballen. Bamm. Bamm-Bamm. Rhythmisch trafen die Fäuste der Journalistin auf das Leder des großen Boxsackes. Und mit jedem Schlag, mit jeder Kombination wurde das Stimmengewirr in ihrem Kopf weniger und klarer. Schließlich blieben nur noch zwei Stimmen übrig, die sehr deutlich sprachen.

›Du magst Siggi Buckmann‹, sagte die eine. ›Und du hast Angst, etwas zu entdecken, das deine Theorie bestätigt.‹ Damit verstummte auch diese Stimme, sodass nur noch eine zu Robin sprach, laut und unmissverständlich.

›Karsten wurde ermordet. Finde heraus, wer dahintersteckt. Er würde dasselbe für dich tun.‹

Schwer atmend ließ Robin die Fäuste sinken, Schweißperlen standen ihr auf der Stirn, den Schultern und dem Hals. Sie zog die Handschuhe aus, nahm das Smartphone und wählte Marias Nummer, während sie zum Badezimmer ging.

»Maria? Hier ist Robin. Wir müssen uns treffen. Ich bin in einer Stunde bei dir.«

40

Robin parkte den roten Flitzer ein paar Häuser vor der Laak-Villa. Auf dem Beifahrersitz saß ihre Freundin. Maria war im gleichen Alter wie Robin, ebenso schlank, wenn auch bei Weitem nicht so gut trainiert, mit blonden Haaren und einem Kinngrübchen, das immer dann zum Vorschein kam, wenn Maria nervös wurde. Gerade jetzt hatte es Kratertiefe.

»Willst du das wirklich machen?«, fragte Robin und sah ihre Freundin besorgt an.

»Auf jeden Fall«, antwortete Maria und klang beinahe entschlossen.

»Es ist nicht ungefährlich …«, setzte Robin an.

»Gib mir schon das Foto!«

Robin nahm den Ausdruck des Fotos, auf dem sich Jeremias Laak, Lutz Bariato und Dimitris Stogarev befanden, aus ihrem Rucksack und reichte ihn Maria. Als Maria das Bild ergreifen wollte, zog es Robin wieder zurück.

»Also noch mal: Du sagst, du bist eine Kollegin von Karsten und hast in seinen Unterlagen dieses Foto gefunden. Und dann fragst du, ob er dir dazu ein Interview geben würde. Mehr nicht.«

Maria nahm ihrer Freundin das Foto aus der Hand und lächelte. »Schon klar. Ich mach das.«

»Ich würde ja selbst mit ihm sprechen, aber er kennt mich schon.« Nach einem Moment fügte Robin hinzu: »Und er hat mich in schmerzhafter Erinnerung.«

»Mach dir keine Sorgen.«

»Wenn du in zehn Minuten nicht wieder zurück bist, rufe ich die Polizei und hole dich da raus.«

Maria nickte und kniff ein Auge zu. Dann holte sie tief Luft und stieg aus dem Mini. Selbstbewusst ging sie auf das Tor der Einfahrt zu und klingelte. Robin sah, dass sich Marias Lippen bewegten, aber sie konnte auf die Entfernung unmöglich verstehen, was sie sagte. Nach einer kurzen Weile drückte Maria das Tor auf und betrat das Grundstück. Offensichtlich hatte sie Jeremias' Neugier geweckt. Die eiserne Tür fiel ins Schloss. Robin blickte auf die Uhr des Armaturenbretts. Es war genau zwölf Uhr mittags. In zehn Minuten würde sie die Polizei verständigen. Falls Maria bis dahin nicht wieder zurückgekehrt wäre.

Bereits während der zweiten Minute kam Robin zu dem Ergebnis, dass sie sich auf fünf Minuten hätten einigen sollen. Der Sekundenzeiger der Uhr schien zu kriechen. In Minute drei holte Robin das Smartphone aus der Tasche und überprüfte die Batterie und den Empfang. Dies wiederholte sie noch einige Male während Minute vier. Dann stieg sie aus dem Auto und ging langsam in Richtung der Villa. Sie sah auf die Uhr. Fünf Minuten waren vergangen. Da hörte sie das knirschende Geräusch der Kieselsteine, die auf dem Weg zwischen der Toreinfahrt und der Villa lagen. Sekunden später öffnete sich die eiserne Tür der Hofeinfahrt, und Maria trat hinaus. Als sie Robin erblickte, bedeutete sie ihr, zurück zum Wagen zu gehen. Robin verstand und setzte sich wieder an das Steuer ihres Minis. Einige Augenblicke später öffnete Maria die Tür und nahm auf dem Beifahrersitz Platz. Ihr Gesicht war bleich, das Blut schien aus den Lippen gewichen zu sein. Marias Hände zitterten.

»Und? Was ist passiert? Sag schon!«

Maria blickte Robin nicht an, sondern starrte auf die Straße. Es dauerte einen Moment, bis sie auf die Frage reagierte. Maria sprach sehr leise, fast flüsternd.

»Er hat ihn umgebracht.«

41

Jetzt beruhig dich bitte erst einmal! Wer hat wen umgebracht?«

Als ich gegen vierzehn Uhr aus dem Sitzungssaal zurückkehrte und mein Smartphone einschaltete, zeigte es fünf Anrufe in Abwesenheit. Alle von Robin. Ich betätigte die Rückruffunktion.

»Er hat ihn umgebracht, Siggi!« Robin klang außer sich. »Er hat ihn wirklich umgebracht!«

»Jetzt beruhig dich bitte erst einmal! Wer hat wen umgebracht?«

»Jeremias Laak. Jeremias Laak hat Karsten getötet!«

»Was? Wie kommst du darauf?«

»Er hat es gestanden. Er hat es vorhin selbst gestanden!«

»Robin, bitte einmal in Ruhe und von Anfang an. Was ist passiert?«

»Können wir uns treffen? Ich bin mit Maria im Café Hummelmann. Kannst du vorbeikommen?«

Ich blickte auf die Uhr an meinem Computerbildschirm.

»Ich bin in zehn Minuten bei euch!«

Ich steckte das Handy in die Hosentasche und zog die weiße Krawatte aus, die zusammen mit der Robe unsanft auf der Lehne meines Schreibtischstuhls landete. Dann streifte ich die Lederjacke über und war schon halb aus der Tür, als mir Sabine auf dem Flur entgegenkam. In den Händen hielt sie ein paar zusammengeheftete Blätter in dem typischen graubräunlichen Farbton unseres Umweltpapiers.

»Was ist das?«, fragte ich kurz angebunden.

»Ein Fax vom Landgericht. ›Bitte sofort vorlegen‹ stand auf dem Schreiben.«

Ich überflog die wenigen Seiten und runzelte die Stirn. Das würde Robin überhaupt nicht gefallen. Mir gefiel es auch nicht.

Das Café Hummelmann liegt am Anfang der Fußgängerzone, nur etwa einen halben Kilometer vom Gericht entfernt, und ist über die Grenzen der Stadt hinaus bekannt für seine herrlichen Kuchen. Auch ich besuchte das hübsche Lokal hin und wieder. »Herr Buckmann!«, grüßte die Bedienung hinter der Ladentheke freundlich, als ich eintrat. »Wie immer? Großer Kaffee und zwei Stück Apfelkuchen mit Sahne?«

Also gut, ich besuchte es öfter als nur hin und wieder.

»Heute nur einen Kaffee, danke!«

Ich ging in den hinteren Teil des Ladenlokals und erblickte Robin, die einen kleinen Tisch in der hintersten Ecke gewählt hatte. Sie saß gegenüber von Maria. Jedenfalls nahm ich an, dass die schlanke blonde Frau mit dem interessanten Kinngrübchen ihre Kollegin war. Robin winkte mir zu, als sie mich sah, und stellte mich ihrer Freundin vor.

»Also? Was ist passiert?«, fragte ich, nachdem ich mich zu ihnen gesetzt hatte. Robin berichtete, dass sich Maria bei Jeremias Laak als Karstens Kollegin ausgegeben und ihn mit dem Foto, das ich bereits kannte, konfrontiert hatte.

»Und dann hat sie ihn um ein Interview gebeten. Jetzt erzähl bitte du weiter!«

Maria nickte. »Als ich ihn danach fragte, wurde er richtig wütend. Er schrie mich an, ich solle mich verpissen. Ich sagte ihm, dass ich auch ohne seine Stellungnahme einen Artikel schreiben würde. Da fasste er mich plötzlich an den Handgelenken und sagte leise: ›Überleg dir das, du Schlampe! Du willst doch nicht auch so enden wie dein Freund, oder?‹ Mir zittern jetzt noch die Hände.«

»Das ist alles?«

Robin sah mich entgeistert an. »Also, mir reicht das! Das ist doch ein glasklares Geständnis!«

»Nein, das ist es ganz sicher nicht«, erwiderte ich ruhig.

»Was denn sonst?«

»Es ist eine Drohung, ja. Aber doch kein Geständnis. Vielleicht wollte er sich nur wichtigmachen. Passt doch zu dem kleinen Angeber. Und wir wissen noch nicht einmal, ob er weiß, dass Karsten tot ist. Vielleicht meinte er auch nur den Autounfall.«

»Auf welcher Seite stehst du eigentlich?«, fauchte Robin wütend.

»Robin, jetzt beruhig dich doch bitte …« Weiter kam ich nicht.

»Beruhigen? Dieser kleine Scheißkerl hat unseren Freund getötet! Wie soll ich mich da beruhigen?«

Die Gäste des Tisches, der uns am nächsten stand, drehten sich erschrocken und neugierig zu uns um.

»Ganz sicher hat er das nicht!«, sagte ich mit leiser Stimme. »Jeremias Laak war es kaum, der Karstens Wagen von der Straße gedrängt hat. Dazu fehlt ihm der Mut. Das hast du doch selbst gesagt. Und er war es ganz bestimmt auch nicht, der gestern auf der Intensivstation als Arzt verkleidet herumlief. Die Personenbeschreibung der Stationsschwester passt überhaupt nicht.«

Robin beruhigte sich etwas und dachte nach.

»Gut, vielleicht nicht er selbst. Aber er steckt bestimmt dahinter!«

Dieses Mal entgegnete ich nichts, was Robin sofort bemerkte.

»Aha! Du glaubst das auch, oder?«

»Ich halte es nicht für ausgeschlossen«, antwortete ich diplomatisch.

»Dann könntest du doch mit der Staatsanwaltschaft reden, damit die Jeremias Laak in die Mangel nehmen!«

»Ich fürchte nicht.«

Aus der Innentasche meiner Lederjacke zog ich das zusammengefaltete Fax des Landgerichts hervor, das mir Sabine vorhin übergeben hatte.

»Die Staatsanwaltschaft wird in Zukunft die Finger von Jeremias Laak lassen. Mit Sicherheit.«

Ich reichte Robin das Fax, die es hastig überflog. Dann sah sie mich mit großen Augen an.

»Verstehe ich das richtig? Das Landgericht hat deinen Durchsuchungsbeschluss für die Laak-Villa für rechtswidrig erklärt, weil schon kein Anfangsverdacht gegen Jeremias Laak vorliegt?«

Ich nickte stumm.

»Wie kann das sein?«

Ich tippte mit dem Finger auf die linke der drei Unterschriften, die sich auf der letzten Seite des Beschlusses befanden.

»Das hier ist der Vorsitzende der Kammer«, erklärte ich.

»Ehrmann«, las Robin laut vor. »Wer ist das?«

»Soweit mir bekannt ist, ein guter Parteifreund von Alexander Laak, dem Ministerpräsidenten. Die beiden haben vor vielen Jahren zusammen im Stadtrat gesessen.«

»Darf er dann so eine Entscheidung überhaupt treffen?«, schaltete sich Maria ein. »Ist er nicht ... Wie heißt das noch?«

»Befangen«, antwortete ich. »Ja, ganz bestimmt sogar. Aber er hat die Entscheidung getroffen. Und das mit so deutlichen Worten, dass die Staatsanwaltschaft Jeremias Laak nur noch mit Samthandschuhen anfassen wird. Wenn überhaupt.«

Robin lehnte sich müde auf ihrem Stuhl zurück und sprach leise zu sich selbst: »All animals are equal, but some are more equal than others.«

42

Pass auf dich auf, Süße!«, sagte Maria, bevor sie aus dem roten Flitzer ihrer Freundin stieg. Sie hatten den Nachmittag gemeinsam verbracht, in einem kleinen Restaurant zu Abend gegessen und dann in einer Bar ein Glas Wein getrunken. Mittlerweile war es bereits nach Mitternacht. Bevor sie die Beifahrertür schloss, beugte sich Maria noch einmal zurück in das Auto.

»Versprich es mir!«

Robin schaute ihre Freundin an und lächelte.

»Keine Sorge, ich bin vorsichtig.«

Maria stieß die Beifahrertür zu. Robin setzte den Blinker, sah in den Außenspiegel und fuhr los. Maria blickte den roten Rücklichtern hinterher, bis sie in einigen Hundert Metern verschwanden, als der Wagen um eine Ecke bog. Dann suchte sie den Hausschlüssel in ihrer Handtasche und drehte sich zu der weißen Eingangstür des Mietshauses um. Als sie bis auf zwei Schritte an die Tür herangetreten war, sprang die Nachtbeleuchtung an. Bevor Maria die Tür aufschloss, klappte sie wie jeden Abend den Schlitz ihres Briefkastens auf, um nach der Post zu sehen. Sie zog einen braunen Briefumschlag heraus und drehte ihn herum. Er war unbeschriftet und nicht mit der Post zugestellt worden. Maria benutzte den Hausschlüssel, den sie schon in der Hand hielt, als Brieföffner. Dann fasste sie in den Umschlag und fühlte ein einzelnes dickes Blatt Papier, nicht größer als eine Postkarte. Sie zog es heraus. In diesem Moment ging die Nachtbeleuchtung aus, und Maria konnte nicht erkennen, was sie da in der Hand hielt. Sie machte zwei Schritte zurück, um den Bewegungsmelder wieder zu aktivieren. Das Licht sprang an, und Maria sah auf das Blatt in ihrer Hand. Es brauchte einen Moment, bis sich ihre Augen an die Lichtverhältnisse gewöhnt hatten. Als sie erkannte, was sie in der Hand hielt, beschleunigte sich der Puls der jungen Frau. Das Foto in der Größe einer Postkarte zeigte Robin und sie selbst. Aufgenommen worden war es heute Mittag, als sie das Café verließen, in dem sie sich mit Richter Buckmann getroffen hatten. Unter dem Abbild von Maria standen vier Buchstaben: S-O-O-N – Bald. Doch was Maria das Blut in den Adern gefrieren ließ, waren die Buchstaben unter dem Abbild ihrer Freundin. D-O-N-E – Erledigt.

43

Robin wartete in ihrem roten Flitzer, bis das Tor zur Einfahrt der Tiefgarage unter ihrem Appartementhaus hochgefahren war. Während sie wie üblich viel zu schnell in die Garage hinunterfuhr, zeigte das Armaturenbrett des Autos einen Anruf an. Robin betätigte die Freisprecheinrichtung und konnte gerade noch die Worte »Ich bin's, Maria …« verstehen, als die Verbindung abbrach. In der Tiefgarage hatte das Handy keinen Empfang. Sie würde ihre Freundin in einer Minute aus ihrem Appartement zurückrufen. Robin parkte den Mini auf dem Stellplatz, der zu ihrer Wohnung gehörte. Von der Tiefgarage führte ein kleiner Gang, der auf jeder Seite von einer Brandschutztür abgeschlossen wurde, zu dem Treppenhaus, in dem sich auch der Fahrstuhl befand. Robin öffnete die erste Tür, betätigte den Lichtschalter und betrat den kurzen Gang. Sie hatte ihn bereits zur Hälfte durchquert, als die Klinke der nächsten Tür von außen hinuntergedrückt wurde. Robin blieb abrupt stehen, als sie die Person erblickte, die vor ihr in den schmalen Gang getreten war und nun den Ausgang blockierte. Der Mann war mindestens ein Meter neunzig groß und wog gut und gerne hundert Kilogramm. Er war völlig in Schwarz gekleidet, von den Sicherheitsschuhen bis zur Lederjacke. Ein dunkler Vollbart verdeckte den größten Teil des nicht gerade freundlich aussehenden Gesichts. Seine Augen wirkten kalt und bewegten sich kaum. Sie fixierten Robin wie die Augen einer Raubkatze. Instinktiv wollte die Journalistin weglaufen, doch dazu kam sie nicht mehr. Von hinten schlang sich ein kräftiger Arm um ihren Hals, während ein anderer ihren rechten Oberarm ergriff. Die Journalistin fluchte innerlich. Sie hatte sich nur auf den Mann vor sich konzentriert und die Gefahr, die sich von hinten anschlich, nicht bemerkt. Sie spürte, wie ihre Drosselvenen links und rechts des Halses abgedrückt wurden. Robin wusste, dass dieser Griff in weniger als dreißig Sekunden zur Bewusstlosigkeit führen konnte. Noch drückte der Angreifer nicht mit voller Kraft zu. Langsam und mit einem ekelhaften Grinsen, sodass Robin die beiden Goldzähne sehen konnte, die einen Schneidezahn und einen Eckzahn ersetzten, kam der Mann mit dem Vollbart näher.

»Du und deine Freundin hätten Jeremias in Ruhe lassen sollen«, sagte er, und die Journalistin erkannte einen russischen Akzent in der tiefen Stimme. Einen Schritt vor Robin blieb der Hüne stehen und griff mit der rechten Hand in seine Jackentasche. »Euer letzter Fehler.«

Robin musste jetzt handeln. Blitzschnell und so fest wie sie nur konnte trat sie dem Bärtigen zwischen die Beine und traf verdammt gut. Noch während sich ihr Gegenüber aufstöhnend vor Schmerzen mit beiden Händen an den Schritt fasste und nach vorne auf seine Knie kippte, stemmte Robin die Füße auf den Boden, drückte sich ab und lief rückwärts. Gleichzeitig griff sie mit beiden Händen den Arm, der um ihren Hals lag. Obwohl ihr Angreifer um einiges größer und schwerer war, wurde er von ihrer plötzlichen und heftigen Gegenwehr derart überrascht, dass er das Gleichgewicht verlor und rückwärtstaumelte, bis er an die Tür stieß. Die Türklinke bohrte sich schmerzhaft in seine Nierengegend, sodass er den Griff lockerte. Robin nutzte den Freiraum, drehte sich herum und riss das Knie nach oben. Noch einmal. Und noch einmal. Der Angreifer, dessen Gesicht sie jetzt zum ersten Mal sah und der ebenso wie sein Kumpan ganz in Schwarz gekleidet war, krümmte sich vor Schmerzen nach vorn. Robin ergriff den Kragen der Lederjacke und zog daran, sodass der Mann vollends nach vorn stürzte. Dann riss sie die Tür auf und sprintete zu ihrem Mini. Sie öffnete die Fahrertür und sprang hinein. Robin startete den Motor und fuhr die Einfahrt der Tiefgarage hinauf. Als sie die Lichtschranke durchfuhr, begann sich das schwere Eisentor zu heben. So langsam wie heute war es Robin noch nie vorgekommen. Sie sah in den Rückspiegel und konnte die Stahltür erkennen, die zu dem schmalen Gang führte, in der sich ihre Angreifer befanden. Als sich das Tor schon bis zur Hälfte geöffnet hatte, wurde die Tür von innen aufgerissen, und der Bärtige stürmte als Erster heraus, gefolgt von seinem Komplizen. Die Männer sahen Robins Auto und hetzten ihm nach, wobei man ihnen ansah, dass sie starke Schmerzen hatten und noch nicht wieder richtig laufen konnten. Endlich hatte sich das Tor so weit geöffnet, dass der Mini hindurchpasste. Robins Verfolger waren bereits bis auf wenige Schritte an das Auto herangekommen. Robin trat aufs Gas, und der Mini flog die letzten Meter der Einfahrt hinauf und auf die Straße.

Die Journalistin ließ den Fuß auf dem Gaspedal und raste die lange Allee entlang, auf der sich das Appartementhaus befand. Sie spürte ihren heftigen Herzschlag, spürte das Zittern in den Muskeln und nahm nur einen schmalen Ausschnitt der Straße wahr. Robin kannte die Wirkung des Adrenalins, das durch ihre Adern gepumpt wurde. Sie hatte es oft genug im Boxring erlebt. Robin zwang sich, tief ein- und langsam wieder auszuatmen. Ihr Herzschlag beruhigte sich, das Zittern ließ nach. Endlich nahm sie den Fuß vom Gaspedal und bremste den Mini ab. Mitten auf der leeren Straße blieb sie stehen.

»Denk nach, Robin! Denk nach!«, sagte sie zu sich selbst. Die Polizei benachrichtigen. Gute Idee. Aber wie? Ihr Handy war in ihrem Rucksack. Und der lag vermutlich immer noch auf dem Boden des schmalen Ganges in der Tiefgarage. Die nächste Polizeistation war das Präsidium, etwa zehn Minuten entfernt. Robin startete den Motor und fuhr los. Etwa hundert Meter weiter kam sie an eine rote Ampel und hielt an. Im Rückspiegel sah Robin, wie sich die Scheinwerfer eines Fahrzeugs nährten. Einige Augenblicke später hielt ein schwarzer SUV auf der Linksabbiegerspur neben ihr. Robin blickte unwillkürlich nach links und sah in ein Gesicht, das sie bis an ihr Lebensende nicht mehr vergessen würde. Es war der hünenhafte Angreifer mit dem dunklen Bart. Seinem verblüfften Gesichtsausdruck nach zu urteilen, hatte er mit dem Zusammentreffen anscheinend ebenso wenig gerechnet wie Robin.

Robin schlug den ersten Gang rein und fuhr los. Zum Glück war auf der Querstraße kaum Verkehr, denn die Ampel zeigte noch immer Rot. Im Rückspiegel sah sie, wie der schwarze SUV die Verfolgung aufnahm. Die Journalistin bog mit quietschenden Reifen in eine Seitenstraße, beschleunigte den Wagen aufs Äußerste und bog bei der nächsten Gelegenheit erneut ab. Obwohl ihr wendiger Flitzer in der Innenstadt einige Vorteile hatte, verstand der Fahrer des SUV sein Handwerk und ließ sich nicht so leicht abschütteln. Robin wurde schlagartig bewusst, dass sich Karsten vor einigen Tagen in derselben Situation befunden haben musste. Und jetzt war Karsten tot. Robin versuchte, den Gedanken loszuwerden. Konzentriert bleiben. Augen auf die Straße. Plötzlich kam ihr ein Gedanke. Einer ihrer Ex-Freunde hatte nur eine Straße weiter in einem Hinterhof gewohnt, der von zwei Straßen aus befahren werden konnte. Das Problem war, dass eine der beiden Einfahrten sehr eng bemessen war. Ihr Mini passte gerade so hindurch. Ein größeres Fahrzeug … Allmählich schloss der SUV zu ihr auf. Robin bog ab, die größere der beiden Einfahrten war nur noch hundert Meter entfernt. Sie blickte in ihren Rückspiegel und konnte die funkelnden Goldzähne des Bärtigen erkennen. Sein ekelhaftes Grinsen.

»Ja, das hättest du wohl gern«, fauchte Robin wütend und riss das Lenkrad herum. Der Mini flog durch die breite Einfahrt in den Hinterhof, dicht gefolgt von dem dunklen SUV. Robin steuerte auf die gegenüberliegende schmale Einfahrt zu und biss die Zähne zusammen. Sie hatte die Durchfahrt breiter in Erinnerung. Allerdings war sie auch noch nie mit über fünfzig Stundenkilometern hindurchgefahren, sondern höchstens in Schrittgeschwindigkeit. Der rechte Außenspiegel streifte die Mauer, dann auch der linke. Aber der rote Flitzer passte hindurch, schoss wieder auf die Straße und beinahe vor einen kreuzenden Nachtbus, dessen Fahrer wütend hupte. Robin fuhr weiter und konnte das hässliche Geräusch sich verbiegenden Metalls nicht mehr hören, das entstand, als der SUV in der Einfahrt stecken blieb.

44

Ich bin unterwegs.«

Nachdem ich mich von Robin und Maria im Café Hummelmann getrennt hatte, war der Rest meines Tages ereignislos verlaufen. Den Abend verbrachte ich in meiner Wohnung, bestellte eine Pizza und sah einen alten Western. Gegen elf Uhr ging ich ins Bett, las noch einige Seiten eines Kriminalromans, stellte den Handywecker und schaltete das Licht aus. Wie immer schlief ich innerhalb weniger Minuten ein. Ich träumte von Robin, schon wieder, bis mich ein gemeines Brummen aus meinem Schlaf riss. Das Smartphone vibrierte auf dem kleinen Nachttisch. Ich nahm es in die Hand und blinzelte. Es war Robin, die mich anrief. Um zwei Uhr morgens. Der Nachtzeit angemessen, begann ich das Gespräch vielleicht nicht ganz freundlich.

»Hast du eigentlich eine Ahnung, wie spät es ist?!?«

»Entschuldige, Siggi. Ich wusste nicht, wen ich anrufen soll.« Robins Stimme sorgte dafür, dass ich meinen rauen Ton bereits bedauerte.

»Was ist passiert?«, fragte ich nun deutlich freundlicher.

Robin erzählte, wie sie in der Tiefgarage des Appartementhauses überfallen worden war und nur mit Not und einer filmreifen Verfolgungsjagd hatte entkommen können. Die Polizei hatte sofort mehrere Streifenwagen zu dem Innenhof geschickt, in dem der SUV stecken geblieben war, aber nur noch eine beschädigte Einfahrt vorgefunden. Der Geländewagen hatte sich bereits befreien können. Mittlerweile war auch Maria auf dem Präsidium eingetroffen, die die Polizei verständigt hatte, nachdem sie den Drohbrief erhalten hatte und die Verbindung zu Robin abgebrochen war. Die Polizeibeamten hatten die Aussagen der beiden jungen Frauen protokolliert und ihnen geraten, die nächsten Tage bei Freunden zu verbringen. Anschließend waren sie mit Robin und Maria in ihre Wohnungen gefahren, damit sie ein paar Sachen packen konnten.

»Maria ist bei ihrem Bruder. Und ich wusste nicht, wen ich … ich meine, Maria geht jetzt ja nicht, und Karsten …«, setzte Robin an.

»Ich bin unterwegs«, unterbrach ich sie.

Eine Dreiviertelstunde später schloss ich die Tür zu meiner Wohnung auf. In der linken Hand trug ich Robins Reisetasche. Nachdem wir eingetreten waren, schloss ich die Wohnungstür doppelt ab und schob sicherheitshalber noch den kleinen Riegel vor.

»Möchtest du etwas trinken?«

Robin hatte bisher kaum gesprochen. Auch jetzt nickte sie nur.

»Scotch?«

»Gern! Einen dreifachen.«

Ich nahm eine angebrochene Flasche Single Malt und zwei Whiskeygläser aus dem Wohnzimmerschrank und füllte beide großzügig. Robin nahm das Glas, das ich ihr reichte, leerte es in einem Zug und verzog das Gesicht.

»Noch einen, bitte!«, sagte sie und hielt mir das leere Glas unter die Nase. Der zweite dreifache Scotch folgte seinem Vorgänger in beeindruckender Geschwindigkeit. Wieder reichte sie mir das leere Glas.

»Setz dich doch erst mal«, sagte ich und ergriff die Whiskeyflasche. Das dritte Glas füllte ich sparsamer.

Robin ließ sich in meinen Lesesessel fallen und streckte auffordernd die Hand aus.

»Langsam, Frau Bukowsky!« Ich versuchte zu lächeln, als ich ihr den dritten Scotch reichte. Robin sah mich an und grinste. Noch etwas unsicher, aber immerhin. »Ja, Euer Ehren!«

Mein Sofa ließ sich in ein sehr bequemes Bett verwandeln. Aus dem Schlafzimmer holte ich Kopfkissen, Steppdecke und Bettlaken.

»Oder möchtest du lieber im Schlafzimmer schlafen? Dann nehme ich die Couch.«

»Nein, nein. Vielen Dank!«

Robin stand auf, aber nur zur Hälfte. Dann fiel sie wieder zurück in den Sessel. »Hui. Mir ist etwas schwindlig.«

»Das ist aber seltsam. Es war doch höchstens eine halbe Flasche Scotch in den letzten zehn Minuten.«

Robin streckte mir die Zunge raus. Dann stand sie erneut auf, wofür sie sich tatsächlich konzentrieren musste. Sie nahm ein Pyjamaoberteil und einen Kulturbeutel aus der Reisetasche.

»Darf ich mal dein Bad benutzen?«

»Klar! Die Tür am Ende des Ganges.«

Ich ging in die Küche, um Robin eine Flasche Wasser für die Nacht zu holen. Natürlich nutzte Grisu die Gelegenheit, um einige Katzenleckerli abzustauben. Ich ging in die Hocke, um die Dose aus dem Küchenschrank unter dem Backofen zu nehmen. Als ich mich umdrehte, sah ich zwei gebräunte, schlanke und gut trainierte Beine. Erst unverschämt hoch an ihren Oberschenkeln begann ein kariertes Pyjamaoberteil. Robin stand im Türrahmen, den linken Fuß auf die Zehen gestützt, und sah mich an.

»Sind die für mich?«, fragte sie und deutete auf die Dose in meinen Händen.

»Was … ach so, nein … hast du Hunger?«, fragte ich, etwas stotternd vielleicht.

Robin lachte. »Nein. Danke. Ich bin nur müde.«

Ich gab einige Katzenleckerli in die Schale von Grisu, der mir bereits ungeduldig um die Beine strich und mauzte. Dann nahm ich die Wasserflasche und ein Glas und folgte Robin ins Wohnzimmer. Robin setzte sich auf die Couch und schlüpfte unter die Decke.

»Schlaf gut«, sagte ich, stellte Flasche und Glas auf den niedrigen Couchtisch und reichte ihr die Fernbedienung der Wohnzimmerlampe. »Der Knopf oben links schaltet das Licht aus.«

»Vielen Dank, Siggi!«, antwortete Robin. Dann hauchte sie mir einen Kuss zu. »Gute Nacht.«

Ich ging in mein Schlafzimmer, zog mich um und legte mich ins Bett. Dann sah ich auf die Uhr meines Smartphones. Viertel nach drei. Viel zu spät für einen alten Mann. Ich schaltete den Wecker aus und beschloss auszuschlafen.

Die Sonne ging bereits auf, als ich am Morgen zu mir kam. Irgendetwas war anders als sonst. Für gewöhnlich konnte ich die Geräusche auf der Straße durch das geöffnete Fenster des Schlafzimmers deutlich hören. Heute Morgen klangen sie gedämpft, so als hätte jemand das Fenster geschlossen. Ich atmete durch die Nase und nahm einen angenehmen Duft wahr. Er erinnerte mich an Blumen. Er erinnerte mich an Frühling. Er erinnerte mich an … Robins Parfum. Etwas berührte meine Brust, und ich riss die Augen auf. Ich lag auf der linken Seite, und vor mir, neben mir, an mir lag Robin. Jetzt erst bemerkte ich, dass ich meinen Arm um sie gelegt hatte. Vorsichtig wollte ich ihn zurückziehen, musste aber feststellen, dass Robin ihre Hand auf meinen Unterarm gelegt hatte. Die Bewegung schien sie aufgeweckt zu haben. Langsam drehte sie sich zu mir herum und sah mich verschlafen an.

»Guten Morgen«, sagte sie und streckte sich.

»Guten Morgen«, erwiderte ich langsam. »Ich werde vielleicht langsam alt. Aber ich bin mir ziemlich sicher, dass ich dich zuletzt auf meiner Couch im Wohnzimmer gesehen habe.«

»Ja. Aber mir war kalt.«

Ich runzelte die Stirn.

»Und außerdem hat dein Kater so geschnarcht.«

Zugegeben: Grisu schnarchte, seitdem er ein Kätzchen war. Chronischer Katzenschnupfen. Aber Grisu schlief nie im Wohnzimmer, sondern in der Küche. Und Robin hätte die

Tür schließen können. Zumal sie mit dem Schlafmittel eines achtstöckigen Whiskeys eigentlich hätte schlafen müssen wie eine Tote. Andererseits stand sie vermutlich immer noch unter Schock und brauchte nur etwas Geborgenheit. Und wiederum andererseits, wenn ich sie so neben mir liegen sah, die gebräunten schlanken Beine, der flache und trainierte Bauch, den der etwas hochgerutschte Pyjama erkennen ließ … Robin war einfach keine Frau, die man(n) aus dem Bett warf. Ganz objektiv betrachtet.

45

Aus gegebenem Anlass erschien ich an diesem Morgen erst gegen halb zehn im Gerichtsgebäude. Robin und ich hatten beschlossen, dass sie in meiner Wohnung bleiben sollte, bis ich wieder zurückkehrte. Ich würde nur kurz nach dem Rechten sehen und ein Telefonat mit Staatsanwältin Garcia führen, um zu erfahren, ob und wie sie gegen Jeremias Laak vorgehen würde.

»Guten Morgen, Sabine!« Ich streckte den Kopf zur Geschäftsstelle der Strafabteilung hinein. »Ich bin heute nur zwei Stunden im Haus. Ist irgendetwas Wichtiges zu erledigen?«

Sabine schüttelte den Kopf. »Nein, ist alles ruhig.«

»Weißt du die Durchwahl von Staatsanwältin Garcia? Dann muss ich sie nicht im Computer suchen.«

Ich ging in mein Büro und wählte die Dienstnummer der jungen Staatsanwältin.

»Hallo, Frau Garcia. Hier ist Richter Buckmann. Haben Sie eine Minute Zeit für mich?«

»Natürlich, Herr Buckmann. Was kann ich für Sie tun?«

»Gestern Abend ist eine Journalistin überfallen worden, anscheinend deshalb, weil sie in der WIP-Geschichte recherchiert. Haben Sie bereits den Bericht der Polizei …«

Weiter kam ich nicht.

»Ich bearbeite das Verfahren nicht mehr«, unterbrach mich Garcia.

»Was? Seit wann nicht mehr?«

»Es ist mir gestern von meinem Abteilungsleiter entzogen worden. Er hat die Ermittlungen übernommen.«

»Wieso?«

Garcia klang verbittert. »Ich habe einen ziemlichen Einlauf bekommen, nachdem das Landgericht den Durchsuchungsbeschluss mit deutlichen Worten aufgehoben hat. Mein Abteilungsleiter zitierte mich in sein Büro und warf mir vor, ich hätte dem Ansehen der Staatsanwaltschaft immensen Schaden zugefügt, indem ich gegen einen unbescholtenen Bürger wie Jeremias Laak Ermittlungen angestellt hätte. Ich sei offensichtlich unqualifiziert, das Verfahren zu bearbeiten.«

»Und wer ist Ihr Abteilungsleiter?«

»Doktor Bemser.«

Ausgerechnet. Oberstaatsanwalt Doktor Karl Bemser. Niemand wusste, ob er vorsätzlich oder zufällig Staatsanwalt geworden war. Er hatte dieselbe Durchschlagskraft wie ein veganer Wattebausch. Ein alter Bedenkenträger, der jede Ermittlung verzögerte. Selbst dann, wenn es um den Diebstahl einer Rosine ging. Deswegen hatte er den Spitznamen ›Karl der Bremser‹.

»Ihr Abteilungsleiter hat einen Knall! Ausgerechnet der

alte Bremser. Die personifizierte Inkompetenz. Nehmen Sie sich das bloß nicht zu Herzen! Sie leisten hervorragende Arbeit!«

»Danke, Herr Buckmann.« Staatsanwältin Garcia klang nicht überzeugt. Ich verabschiedete mich und wählte die Telefonnummer von Oberstaatsanwalt Bemser.

»Staatsanwaltschaft … Oberstaatsanwalt Bemser … Guten Tag … Sie wünschen?«

Immer wenn ich mit Karl dem Bremser telefonierte, befürchtete ich, er könnte während unseres Telefonats versterben oder zumindest einschlafen.

»Hier ist Richter Buckmann. Haben Sie kurz Zeit für mich?«

»Hallo, Herr Buckmann … Was kann ich für Sie tun?«

»Ich habe gehört, dass Sie die Ermittlungen im Fall WIP leiten.«

»Ja … Das ist korrekt … Und?«

»In der vergangenen Nacht ist eine Journalistin überfallen worden, die in dieser Angelegenheit recherchiert.«

»Ja … Ich habe den Polizeibericht gelesen … Und?«

»Es würde mich interessieren, wie Sie weiter vorgehen.«

»Weiter vorgehen? … Was habe ich damit zu tun?«

»Nun, allem Anschein nach ist Jeremias Laak in die Angelegenheit verwickelt.«

»Nein … Dafür gibt es keinerlei Anhaltspunkte.«

»Wenn es dafür keine Anhaltspunkte geben würde, hätte ich keinen Durchsuchungsbeschluss für seine Villa erlassen.«

»Das Landgericht hat ja auch umfassend ausgeführt, dass Ihr Beschluss absolut rechtswidrig war.«

»Ja. Und da die Entscheidung von Richter Ehrmann stammt,

der zufällig ein Parteifreund des Ministerpräsidenten ist, der wiederum zufällig der Vater von Jeremias Laak ist, wissen wir auch, was von dieser Entscheidung zu halten ist.«

»Jeremias Laak ist ein unbescholtener Bürger ... die Staatsanwaltschaft wird ganz bestimmt nicht gegen ihn ermitteln ... Guten Tag.«

Bremser-Karl beendete das Gespräch, bevor ich noch etwas erwidern konnte.

Wie sollte ich Robin erklären, warum die Staatsanwaltschaft nicht weiter gegen Jeremias Laak ermitteln würde? Wobei ›erklären‹ das falsche Wort war. Denn das würde voraussetzen, dass ich verstehen würde, was hier vor sich ging. Ich konnte die Einstellung von Menschen wie Bemser, Bartelschwing und Seemann allenfalls gedanklich nachvollziehen. Verstehen würde ich sie nie. Ich beschloss, Robin erst von dem Gespräch zu berichten, wenn ich wieder in meiner Wohnung war. In diesem Moment vibrierte mein Smartphone.

»Ich habe es befürchtet«, brummte ich nach einem Blick auf das Display und nahm das Gespräch an. »Hallo, Robin. Wie geht es dir? ... Ja, habe ich ... Nicht so, wie wir gehofft haben ...«

Dann erklärte ich Robin, dass Jenny Garcia das Verfahren von ihrem Abteilungsleiter entzogen worden war. Ich erläuterte ihr, dass die Staatsanwaltschaft leider eine politische Behörde sei und nicht unabhängig, sodass der Justizminister die Ermittlungen stark beeinflussen könne.

»Versprich mir bitte, nichts zu unternehmen, bis ich wieder zurück bin«, bat ich Robin, nachdem ich meinen Bericht beendet hatte.

»Also gut«, erwiderte sie gefasst. »Mach dir keine Sorgen.«

Ich war überrascht. Robin nahm es erstaunlich gelassen. Ich musste sehr überzeugend gewesen sein. Beruhigt legte ich auf.

46

Nur fünfunddreißig Minuten nach dem Gespräch mit Siggi Buckmann parkte Robin den Mini auf der anderen Straßenseite der Adresse, für die ihr Navi eine Fahrzeit von mehr als einer Stunde angegeben hatte. Aber Navis berechnen die Fahrtzeit anhand von Durchschnittsgeschwindigkeiten. Und unter Berücksichtigung von Verkehrsregeln wie etwa Geschwindigkeitsbegrenzungen.

Das kleine Café, in dem sich Robin mit ihrer Studienkollegin Jessica Eisenberg verabredet hatte, lag gegenüber dem modernen Gebäude, in dem der öffentlich-rechtliche Sender untergebracht war. Jessica leitete seit einigen Jahren die Redaktion einer täglichen Morgensendung. Robin stieg aus dem Mini und winkte Jessica, die bereits vor dem Eingang des Cafés wartete. Robin musterte ihre alte Bekannte. Die Zeit war nicht sehr nett zu ihr gewesen. Jessicas dunkelblonde Haare wirkten stumpf und etwas strähnig. Die Falten um ihren Mund hatten bereits Ex-Kanzlerinnen-Niveau erreicht. Sie trug einen langweiligen beigefarbenen Mantel, einen leichten braunen Pullover, Jeans und langweilige Pumps.

›Alles in allem erschreckend spießig‹, dachte Robin. Die Frauen begrüßten sich mit Umarmung und Wangenkuss.

»Hallo, meine Süße! Wir haben uns ja ewig nicht gesehen!«, begann Jessica das Gespräch leicht aufgesetzt.

»Fast zwei Jahre nicht«, erwiderte Robin.

Sie betraten die kleine Espressobar, die älteste des Landes, wenn man den Schildern am Eingang glauben durfte, setzten sich an die dunkle Holztheke und bestellten zwei Espressi macchiati.

»Also schieß los! Was ist so dringend? Du hast dich am Telefon so nebulös ausgedrückt«, sagte Jessica und zückte einen kleinen Notizblock und einen Montblanc-Füller aus ihrer hellen Lederhandtasche.

»Sagt dir die WIP etwas?«, fragte Robin.

»Natürlich, diese Betrügergesellschaft, die Zeitungen waren ja voll davon.«

»Genau um die geht es …«

Robin erzählte, wie ihr Kollege Karsten herausgefunden hatte, dass eine Verbindung zwischen Jeremias Laak und dem Geschäftsführer der WIP bestand. Sie berichtete von Karstens Unfall und den merkwürdigen Umständen seines Todes, ebenso von den offenen Fragen im angeblichen Selbstmord von Lutz Bariato. Und sie schilderte, wie Maria und sie von Jeremias Laak bedroht worden waren, auch von dem Überfall und der irren Verfolgungsjagd der letzten Nacht. Jessica schrieb und schrieb.

»Und die Staatsanwaltschaft will wirklich nichts weiter gegen Jeremias Laak unternehmen?«, fragte sie, nachdem Robin endlich ihren Bericht beendet hatte.

»Das ist richtig. Der ermittelnden Staatsanwältin wurde sogar der Fall entzogen, weil sie es gewagt hatte, gegen den Sohn des Ministerpräsidenten vorzugehen.«

Jessica schüttelte den Kopf und strich sich ein paar fettige Haarsträhnen aus dem Gesicht. »Einfach unglaublich.«

Sie dachte nach. »Daraus machen wir eine Sondersendung! Das wird einen richtigen Knall geben! Gleich morgen früh. Und du wirst mein Studiogast. Einverstanden?«

Robin überlegte nicht lange. »Klar! Bin dabei!«

Jessica holte ihre Geldbörse aus der kleinen Handtasche.

»Ich muss sofort wieder ins Büro und alles veranlassen. Trink du in Ruhe aus, ich lade dich ein.« Sie zog einen Geldschein und legte ihn auf die Theke. »Ich melde mich heute Abend noch bei dir und sage Bescheid, wann du morgen im Sender erscheinen musst!« Jessica stand auf und warf sich die Handtasche über die Schulter. Dann stürmte sie aus dem kleinen Café.

Robin lehnte sich auf dem Barhocker entspannt zurück und schlürfte zufrieden an ihrem Espresso macchiato.

»Na also. Geht doch.«

47

Auf dem Heimweg machte ich an einem Supermarkt halt und kaufte Steaks, Gemüse, Kartoffeln, Wein und eine große Packung Marshmallows, Robins große Schwäche. Das hatte sie mir an dem Abend in ihrer Wohnung erzählt. Vielleicht würde sie ein Dinner mit Dry Aged Filetsteak an Zitronenkräuterbutter, Gemüse nach griechischer Art, Rosmarinkartoffeln und dazu ein Bordeaux Blend auf Cabernet Sauvignon Basis, der Weinhändler lag sowieso auf dem Weg, ein wenig aufmuntern. Und wenn nicht, dann bestimmt die Marshmallows.

Ich hatte Glück und fand einen Parkplatz vor dem Altbau, in dem meine Wohnung lag. Die Garage konnte ich nicht nutzen. Wir hatten sicherheitshalber Robins roten Flitzer hineingestellt. Nur für alle Fälle. Vielleicht suchten sie die Männer von gestern Abend noch immer.

Mit den Einkaufstüten in der Hand schloss ich die Wohnungstür auf.

»Hallo, Robin, ich bin wieder da!«

Grisu kam mir aus dem Wohnzimmer entgegen und sah

mich mit schrägem Blick an. »Ich heiße zwar nicht Robin, hätte aber gegen ein Abendessen nichts einzuwenden.«

»Robin?«, versuchte ich es erneut. Aber die Wohnung blieb still, mit Ausnahme eines ungeduldigen Maunzens, das ich aber zweifelsfrei Grisu zuordnen konnte. Wohnzimmer und Küche waren leer. Auch Bad und Schlafzimmer – ich hatte angeklopft, bevor ich eintrat.

Ich ging in den Flur zurück und blickte mich um. Die Wohnung sah aus wie immer. Einen Kampf hatte es anscheinend nicht gegeben. Aber vielleicht war Robin mit einer Waffe bedroht worden. Oder irgendjemand hatte sie aus der Wohnung gelockt und … Ich hörte, wie ein Schlüssel in das Schloss der Wohnungstür gesteckt wurde. Mit zwei schnellen Schritten war ich an der Tür und drückte mich an die Wand daneben.

Langsam öffnete sich die Tür.

»Siggi?«, hörte ich eine vertraute Stimme.

»Hier«, brummte ich und kam hinter der Tür hervor.

Robin grinste und runzelte die Stirn. »Was machst du denn da?«

»Na, ich habe mich versteckt«, antwortete ich.

»Vor mir?«

»Ich wusste ja nicht, dass du es bist. Und überhaupt: Was zum Teufel machst du da draußen? Du hast mir doch versprochen, die Wohnung nicht zu verlassen, bevor ich zurück bin.«

Robin sah mich an und schmunzelte.

»Du bist nicht mein Vater, Siggi!«

Könnte ich aber sein …

»Ich habe mir trotzdem Sorgen gemacht.«

Unvermittelt stellte Robin sich auf die Zehenspitzen und gab mir einen Kuss auf die Wange, nah am Mund.

»Du bist süß.«

Ich seufzte. Robin war offensichtlich gut gelaunt.

»Verrätst du mir wenigstens, wo du warst?«

»Klar. Aber ich habe Hunger. Wollen wir was essen gehen?«

»Ich dachte, ich koche etwas für uns …«

»Du kannst kochen?«, fragte Robin überrascht.

»Ja. Ganz brauchbar. Ich koche nur nie für mich allein.«

Robin zwinkerte mir zu. »Jetzt hast du mich neugierig gemacht.«

Zehn Minuten später standen wir in der Küche. Robin schnitt das Gemüse klein, und ich kümmerte mich um die Steaks.

»Möchtest du noch einen Schluck Wein?«, fragte ich.

Robin steckte sich ein Stück Paprika in den Mund und hielt mir das leere Glas vor die Nase. »Gern.«

»Also. Wo warst du?«

»Ich habe mich mit einer Studienkollegin getroffen. Jessica Eisenberg. Sie leitet die Redaktion einer Morgensendung. Und sie wird die ganze Geschichte morgen öffentlich machen.«

»Welche Geschichte?«

»Na, alles. Karstens Unfall, Bariatos sogenannten Selbstmord, die seltsame Rolle von Jeremias Laak. Und auch die merkwürdige Einstellung der Staatsanwaltschaft. Nachdem deine Leute versagt haben …«

»Hey! Moment mal. Das sind nicht meine Leute. Vergleich mich ja nicht mit so ekelhaften Typen wie Paul Seemann oder Karl, dem Bremser …«, setzte ich an.

Robin prustete los. »Karl, der wer?«

»Karl, der Bremser. Das ist der Spitzname von Oberstaatsanwalt Dr. Bemser.«

Robin schüttelte sich vor Lachen und hatte Tränen in den Augen. »Großartig. Ich kann nicht mehr.« Sie hielt sich den Bauch und wischte mit dem Handrücken die Tränen von den Wangen.

»Oh, mein Handy! Das wird Jessica sein. Die Sache läuft!« Robin wischte sich die Hände an einem Geschirrhandtuch ab und zog ihr Smartphone aus der Gesäßtasche.

»Hallo, Jessica! Wann geht es morgen los?«

Die Antwort versteinerte innerhalb von Sekundenbruchteilen das gerade noch so fröhliche Gesicht der Journalistin.

48

Was soll das heißen, die Idee ist gestrichen?« Robin brüllte fast in ihr Smartphone hinein. Ihre Finger schlossen sich so fest um das Handy in ihrer Handfläche, dass die Knöchel weiß wurden und die Adern auf dem Handrücken hervortraten.

»Die Geschichte ist schon sehr reißerisch. Wir sind kein Trash-TV und auch kein Boulevardmagazin«, erwiderte Jessica. Ich stand nahe genug an Robin, um jedes Wort ihrer Studienfreundin zu verstehen.

»Stimmt. Die verdienen ihr Geld selbst und sind nicht auf die GEZ angewiesen«, entgegnete Robin.

»Robin, bitte! Wir haben uns entschieden, in der Sendung nur das Positive und Unterstützende zu betonen. Gerade im Wahlkampf. So ein Bericht könnte dem einen oder anderen Kandidaten sehr schaden«, verteidigte sich Jessica Eisenberg.

»Sag mal, hast du getrunken? Natürlich könnte das einem Kandidaten schaden. Nämlich demjenigen, der zufälligerweise der Vater von Jeremias Laak ist, dem Ministerpräsidenten!«

»Wem auch immer. Wir würden bei allen anderen Kandidaten genauso handeln.«

»Nur haben die Söhne der anderen Kandidaten nun einmal keine Verbindung zu einer Betrügergesellschaft, bedrohen keine Journalisten und lassen sie nicht überfallen!« Robin schäumte vor Wut.

»Das sind doch alles nur Vermutungen. Davon ist nichts bewiesen«, entgegnete Jessica.

»Und es wird auch niemals bewiesen werden, weil die Staatsanwaltschaft kaltgestellt worden ist! Das habe ich dir doch erzählt.«

Jessica antwortete nicht.

»Wer steckt dahinter, Jessica?« Robins Stimme klang plötzlich ganz ruhig, was sie umso bedrohlicher wirken ließ.

»Wie? ... Ich weiß nicht ... ich meine ...«, stotterte Jessica.

»Jessica, ich kenne dich schon ziemlich lange. Also hör auf, mir etwas vorzumachen. Wer steckt dahinter?«

Für etwa zwanzig Sekunden war es still.

»Sagt dir der Name Mahler etwas?«, begann Jessica zögerlich.

»Nein.«

»Das ist der Schwager des Ministerpräsidenten.«

»Und?«

»Er ist einer unserer Direktoren. Aber das hast du nicht von mir.«

Jessica Eisenberg legte auf, ohne ein weiteres Wort zu sagen. Zum ersten Mal, seitdem ich sie kennengelernt hatte, ließ die toughe Frau die Schultern hängen. Dann setzte sie sich an den Küchentisch und stützte den Kopf auf die Hände.

Ich wusste genau, wie sie sich jetzt fühlte, aber nicht, was ich sagen sollte. Also schwieg ich, legte Robin behutsam die Fingerspitzen auf die Schultern und streichelte sie sanft.

Eine Zeit lang saß Robin so da, starrte mit einer Mischung aus Wut und Hilflosigkeit auf den Tisch und sagte nichts. Ich gab ihr die Zeit und blieb hinter ihr stehen, die Hände auf ihre Schultern gelegt. Irgendwann hob sie den Kopf und straffte die Schultern. Dann griff sie nach ihrem Weinglas, stellte fest, dass es leer war, und fragte: »Hast du was Stärkeres da?«

»Nur den Scotch.«

»Bitte!«

Ich ging ins Wohnzimmer, holte Flasche und zwei Gläser, füllte beide großzügig und schob Robin ein Glas rüber.

Robin hob es wie zu einem Trinkspruch hoch, prostete mir zu und stürzte es mit den Worten »Auf das Versagen der Presse« hinunter.

»Das war es, Siggi!«, sagte sie verbittert und tippte mit dem Zeigefinger auf den Rand ihres Glases. Ich füllte nach, etwas sparsamer dieses Mal.

»Weißt du«, setzte sie an. »Ich bin noch damit klargekommen, dass deine Leute korrupt sind …«

»Das sind nicht meine Leute, Robin!«, unterbrach ich sie.

»Ich meine ja nur, dass die Justiz korrupt ist, hat mich wütend gemacht, aber ich bin damit klargekommen. Aber die Presse …«

Robin machte eine Pause und hob ihr Whiskeyglas. Dieses Mal nippte sie nur daran.

»Ich bin Journalistin geworden, weil mich Reporter immer

beeindruckt haben. Ihre Unbestechlichkeit. Ihre Courage. Ihr Einfluss auf die Gesellschaft.« Robin trank erneut einen Schluck. »Und mittlerweile sind sie genauso korrupt wie alle anderen.«

»Nicht alle, Robin. Nicht alle«, erwiderte ich.

Die Journalistin schnaubte.

»Es kann doch nicht sein, dass Jeremias Laak so einfach davonkommt. Nur weil er der Sohn des Ministerpräsidenten ist!«

Mit einem Ruck stand Robin auf. Ihre Augen funkelten. Grün und blau.

»Ich muss irgendetwas tun.«

»Was willst du tun?«, fragte ich. Mein nächster Satz rutschte einfach so hervor. Ich bereute ihn in dem Moment, in dem ich ihn ausgesprochen hatte. »Du kannst ihn ja schlecht ermorden.«

49

»Warum nicht?«

Ich hatte das furchtbarste Déjà-vu meines Lebens. ›Warum was nicht?‹, hatte mein Freund Hauptkommissar Hiller damals entgegnet, als ich ihm dieselbe Frage gestellt hatte. ›Warum kann ich ihn nicht ermorden?‹, hatte ich erwidert. Ich würde dieses Gespräch nie wieder vergessen. Es war der unheilvolle Ursprung, der mich zum Mörder von Ercan Ayaz gemacht hatte.

»Warum kann ich ihn nicht ermorden?«, wiederholte Robin die Frage und sah mich an. Sie sah mich nicht nur an – ihr Blick durchbohrte mich. Sie sah in mich hinein. Ich ließ mir mit der Antwort Zeit. Mein Freund Nick Hiller hatte damals mehr im Spaß erwidert: »Richter morden grundsätzlich nicht. Es ist nicht leicht, einen Menschen zu ermorden. Du würdest ins Gefängnis kommen. Du hättest einen Menschen auf dem Gewissen.« Doch es war mir gelungen, all diese Probleme zu lösen. Alle bis auf eins. Ich hatte einen Menschen auf dem Gewissen. Ich war ein Mörder. Und das würde ich auch bleiben. Bis zum Ende meines Lebens.

»Du wärst ein Mörder«, antwortete ich schließlich.

Robin blickte mich an, erst überrascht, dann amüsiert. Die Antwort schien zu banal, zu simpel, geradezu lächerlich einfach.

Robin grinste: »Ja, schon klar.«

»Ach ja, ist dir das klar?« Ich hatte diesen Satz so laut gesprochen, regelrecht gebrüllt, dass Robin zusammenschreckte und mich mit aufgerissenen Augen anstarrte.

»Ist dir klar, was es heißt, ein Mörder zu sein? Jeden Morgen mit dem Wissen aufzuwachen, einen Menschen getötet zu haben? Jeden Abend mit der Angst ins Bett zu gehen, doch noch gefasst und verurteilt zu werden? Jede Sekunde zu wissen, dass dich diese Schuld bis zu deinem Tod verfolgen wird?«

Robin sah mich lange an. Und ich hielt ihrem Blick stand. Schließlich nickte sie wortlos. Und dann stand sie einfach auf und wandte sich wieder der Paprika zu.

»Ich weiß ja nicht, wie es dir geht, aber ich habe Hunger.«

Den restlichen Abend sprachen wir über uns. Robin erzählte Anekdoten aus ihrer Zeit in Südamerika, fragte nach meinen Töchtern und hörte sich meine alten Geschichten aus dem Gerichtssaal an. Wir vergaßen für ein paar Stunden Jeremias Laak, Staatsanwalt Bemser, Richter Ehrmann und Jessica Eisenberg. Wir vergaßen, dass Robin bedroht worden war. Und wir vergaßen, dass sie weiterhin in Gefahr schwebte.

Etwa gegen Mitternacht beschlossen wir, schlafen zu gehen. Robin verschwand im Bad, und ich richtete die Couch her. Dann wartete ich an der Tür zum Wohnzimmer. Ich musste nicht sehr lange warten. Robin öffnete die Badezimmertür und erschien in ihrem Pyjamaoberteil. Ihrem recht kurzen Pyjamaoberteil. Ich genoss den Anblick, lächelte und machte eine ausladende Geste mit der Hand in Richtung Wohnzimmercouch, so wie ein Pförtner. »Voilà, Madame!« Doch anstatt ins Wohnzimmer zu gehen, verschwand Robin in meinem Schlafzimmer. Etwas irritiert folgte ich ihr. Als ich den Raum betrat, schlug Robin wie selbstverständlich die Decke zurück und klopfte eines der beiden Kopfkissen aus.

»Darf ich erfahren, was du da machst?«, fragte ich aus reiner Neugier.

»Ich gehe ins Bett.«

›Danke‹, dachte ich, ›das erspart mir das Einholen einer zweiten Meinung.‹

»Das sehe ich.«

»Warum fragst du dann?«

»Weil das mein Bett ist. Du schläfst auf der Couch.«

»Siggi. Möchtest du wirklich, dass ich wieder auf der Couch warte, bis du eingeschlafen bist, mich dann zu dir ins Bett schleiche und morgen früh eine Ausrede erfinde, warum ich das getan habe?«

Das war ehrlich. Aber es ging mir alles zu schnell. Einerseits sah Robin zum Anbeißen aus in ihrem viel zu kurzen Pyjama. Anderseits ging mir die Ich-bin-verheiratet-und-sie-könnte-meine-Tochter-sein-Nummer immer noch nicht aus dem Kopf. Also traf ich eine Entscheidung, die Robin vielleicht nicht gefallen würde. Ich sah sie mit festem Blick an und sagte mit energischer Stimme: »Aber das Fenster bleibt offen!«

50

Ich hatte einen unruhigen Schlaf. In meinem Traum befand ich mich gemeinsam mit Jochen auf dem Hochsitz. Ich sah, wie er die Mahnschreiben seiner Bank in den Händen hielt. Ich sah den verzweifelten Ausdruck in seinen Augen. Und ich sah, wie er langsam den Revolver an seine Schläfe setzte und abdrückte. Ich schrie auf und wollte ihn zurückhalten, aber ich war wie gelähmt, unfähig, auch nur den kleinsten Muskel zu bewegen. Hilflos. Der tote Körper meines alten Mentors sackte zu Boden, überall war Blut. Es klebte an seiner Schläfe, den groben Holzbalken des Bodens, an meinen Händen und in meinem Gesicht. Mit einem Mal schwand das Gefühl der Hilflosigkeit, und ich spürte eine entsetzliche Wut in mir. Ich blickte auf und sah eine Person auf den Hochsitz zukommen, noch zu weit entfernt, um ihr Gesicht zu erkennen, aber ich wusste, wer es war. Ich nahm Jochens Gewehr, das neben seiner Leiche auf dem Boden lag, und legte den Kolben an die Schulter. Dann sah ich durch das Zielfernrohr und erkannte Jeremias Laak. Sein verwöhntes Grinsen, seine Designersonnenbrille, die mit Pomade zurückgekämmten Haare. Ich lud das Gewehr durch und zielte. Das Fadenkreuz stand genau zwischen seinen Augen. Den Augen mit dem überheblichen Blick. Ich atmete tief ein und aus. Einundzwanzig, zweiundzwanzig. Plötzlich veränderten sich die Augen. Sie wurden dunkler und stechender. Es war nicht mehr Jeremias Laak, es war Ercan Ayaz, auf den ich zielte. Ich wollte das Gewehr absetzen, doch wieder hatte ich das Gefühl, gelähmt zu sein, war unfähig, mich zu bewegen. Dreiundzwanzig. Ich spürte, wie sich mein Zeigefinger krümmte, der auf dem Abzug des Gewehrs lag. Ich wollte rufen, den Mann, der meine Familie bedroht hatte, tatsächlich warnen. Aber ich war hilflos. Millimeter für Millimeter zog die Spitze des Fingers den Abzug zurück. Ich sah Ercan Ayaz, seine kalten Augen, die schwarzen Haare, die Goldkette um seinen Hals. Dann löste sich der Schuss.

51

Wenn man es gewohnt ist, allein zu schlafen, ist es ein seltsames Gefühl, morgens neben einem anderen Menschen aufzuwachen. Noch dazu, wenn der andere Mensch außergewöhnlich attraktiv ist. Es war der zweite Morgen, an dem ich neben Robin wach wurde. Und wieder brauchte ich einen Moment, um zu begreifen, warum da eine hübsche Frau in meinem Bett lag. Robin schlief noch, ihr Gesicht war mir zugewendet. Selbst im Schlaf konnte man den Ansatz eines frechen Grinsens um ihre Mundwinkel erkennen. Ich lag einfach nur da, den Kopf auf einer Hand abgestützt, und musterte die junge Frau. Sie faszinierte mich wie nur wenige Menschen. Nach einigen Minuten spürte ich, wie ihre Atmung flacher wurde und sie langsam begann, Arme und Beine zu bewegen. Dann blinzelte sie und blickte mich an. Das freche Grinsen wurde stärker. Sie streckte sich aus und summte genießerisch: »Mmmorgen.«

»Hast du gut geschlafen?«

»Großartig. Und du, alter Mann?«

Abgesehen davon, dass ich geträumt habe, ich hätte einen

Menschen erschossen, nachdem ich unfähig gewesen war, den Tod meines Freundes zu verhindern, schon.

»Einigermaßen«, antwortete ich knapp. »Kaffee?«

»Gern.«

Ich stand auf und ging in die Küche. Während der Kaffeevollautomat vorwärmte, bereitete ich Grisus Frühstück zu. Der Maine-Coon-Kater strich bereits wie jeden Morgen ungeduldig mit einem Das-geht-auch-schneller-Maunzen um meine Beine. Robin kam barfuß in die Küche, hatte ein Haargummi zwischen den Zähnen und formte mit den Händen ihre Haare zu einem Pferdeschwanz, sodass das Pyjamaoberteil hochrutschte und einen Blick auf ihren nackten Bauch freigab.

»Hübsche Aussicht«, bemerkte ich, als ich ihren Kaffeebecher auf den Tisch stellte, und schaute sofort verlegen auf den Boden. Es war das erste Mal, dass ich eine anzügliche Bemerkung gemacht hatte. Robin hielt mit einer Hand ihre Haare fest und nahm mit der anderen das Haargummi aus dem Mund. »Danke schön«, grinste sie. »Der Blick des Kenners.«

Sie setzte sich auf einen Küchenstuhl und schlug die Beine unter. Dann trank sie einen großen Schluck aus ihrem Becher. »Mmh. Das tut gut.«

Ich setzte mich auf die gegenüberliegende Seite des Küchentisches.

»Ich habe mir etwas überlegt, Siggi.«

»So früh am Morgen?«, brummte ich.

»Klar. Ich sehe nicht nur sexy aus, sondern bin auch sehr kreativ.«

Obwohl ich ihr zustimmte, antwortete ich nicht, sondern setzte schweigend den Kaffeebecher an den Mund.

»Jedenfalls«, fuhr Robin fort, »habe ich eine Idee, wie wir Jeremias Laak loswerden können.«

Ich verschluckte mich an meinem Kaffee und hustete. Aus dem Becher tropfte es auf mein T-Shirt. »Mann, Robin! Ich dachte, das hätten wir gestern Abend geklärt.«

Ich stand auf, nahm das Geschirrhandtuch von der Spüle und tupfte damit den Kaffee von meiner Brust.

»Geklärt war noch gar nichts. Du hast mir etwas erklärt. Das ist ein gewaltiger Unterschied«, entgegnete Robin.

»Mmh«, brummte ich unzufrieden.

»Nun hör dir doch erst einmal an, was ich mir überlegt habe!«

52

»Wir bringen sie in zwei Stunden sicher zurück.« Der ältere der beiden Kripobeamten wandte sich mir zu. »Versprochen, Herr Buckmann!«

Die Polizei hatte angerufen, kaum dass Robin mir ihren Plan erklärt hatte. Robin sollte sich einige Fahndungsfotos ansehen, in der Hoffnung, sie würde die Männer aus der Tiefgarage wiedererkennen. Ich hatte darauf bestanden, dass sie von der Polizei abgeholt und auch wieder zurückgebracht wurde. Nachdem das unauffällige Zivilfahrzeug losgefahren war, ging ich zurück in die Küche und räumte die Kaffeetassen in die Spülmaschine. Wie sehr ich in meinen Gedanken verloren war, merkte ich erst, als ich Robins Kaffeetasse umdrehte. Sie war noch halb voll gewesen.

»Also gut«, sagte ich zu mir selbst und betrachtete die Kaffeepfütze. »Erstens Boden wischen. Zweitens Gedanken ordnen.« Für den zweiten Punkt meiner To-do-Liste kannte ich ein todsicheres Mittel, das mir bereits einmal geholfen hatte, als ich in einer verzwickten Situation steckte. Vor wenigen Wochen. Die Lösung war zwei Meter lang, einen halben

Meter tief und ebenso breit. Ein Mensch passte hinein. Und sie befand sich am Ende des Ganges, nur sechs Schritte von der Küche entfernt: meine Badewanne.

Bereits zwei Minuten später saß ich auf dem Rand der Keramikkonstruktion und starrte auf den Wasserstrahl, der schnell den weißen Boden der Wanne füllte. Das kräftige Rauschen wirkte ungemein entspannend, wie ein Wasserfall, und die Gedanken, die mich gerade noch gefesselt hatten, zogen nun weiter wie kleine Wolken.

Eine Wolke war Robins Plan. Er beruhte im Großen und Ganzen auf einer kleinen Erpressung und sollte ein Geständnis von Jeremias Laak hervorbringen, das Robin auf Video aufzeichnen und der Staatsanwaltschaft übergeben wollte. Der Plan hatte einen kleinen Schönheitsfehler: Ein erpresstes Geständnis war vor Gericht nicht viel wert. Mithilfe eines guten Verteidigers und der freundlichen Unterstützung des Justizministers würde Jeremias Laak am Ende wie das Opfer einer Intrige aussehen. Und ein Prozess wäre bereits beendet, bevor er richtig begonnen hätte.

Ich sah den kleinen Wasserfall und spürte, wie die Wolke weiterzog. Sie machte Platz für eine andere. Diese hatte die Form von Robins Gesicht. Eine Robin, die weiterhin in Gefahr schwebte, vielleicht sogar noch mehr als zuvor, wenn wir ihren Plan in die Tat umsetzen würden. Wer auch immer hinter Jeremias Laak stand, er hatte Karsten auf dem Gewissen und Lutz Bariato. Robin wäre sein nächstes Opfer, sollte sie Jeremias weiter gefährlich werden. Eine dritte Wolke kam heran und stupste die zweite sanft zur Seite. Sie sah aus wie eine Parabolantenne. Der nette Versuch meines

Unterbewusstseins, ein Symbol für die Medien zu finden. Die Medien, die die Verbindung von Jeremias Laak, dem Sohn des Ministerpräsidenten, und der WIP nicht aufgreifen wollten. Die Alexander Laak, der Ministerpräsident, fest in seiner Hand hatte und in der Hand einiger Anverwandter.

Schließlich kam eine vierte Wolke herangezogen, die aussah wie ein Pärchen, das Händchen hält. Ich erkannte Robin und mich selbst. Eine sehr merkwürdige Beziehung zwischen einem alten Richter, der einen Mord begangen hatte, und einer jungen Journalistin, die ihm auf der Spur war. Und eine Beziehung, die zu weiteren Problemen führen würde, wenn Jeremias Laak und der Justizminister davon erfahren sollten, was früher oder später mit Sicherheit der Fall wäre.

Und plötzlich erkannte ich den roten Faden, der alle Wölkchen miteinander verband. Er war eingebildet und verwöhnt. Mit zurückgegelten Haaren, Markenklamotten und Designersonnenbrille. Jeremias Laak. Und wie vor einigen Monaten wurde mir schlagartig bewusst, was ich tun musste.

Ich drehte den Wasserhahn zu und zog den Stöpsel aus der Wanne. Mit lautem Gurgeln floss ihr Inhalt in das darunterliegende Abflussrohr des Altbaus. Dann nahm ich eine Dusche und tüftelte die Einzelheiten meiner Idee aus. Sie basierte auf dem Plan von Robin. Mit ein paar kleinen Modifizierungen. Und einem etwas anderen Ende für Jeremias Laak.

53

Der Sohn des Ministerpräsidenten saß in einem Designersessel inmitten seines prächtigen Wohnzimmers und raufte sich die Haare mit der linken Hand, während er mit der rechten das Wegwerfhandy so stark an sein Ohr presste, dass die Knöchel seiner Hand weiß wurden.

»Was soll das heißen, deine Männer haben sie nicht gekriegt?«, fragte er in weinerlichem Tonfall.

»Das soll heißen, kleiner Mann«, antwortete Dimitris, »die kleine Schlampe ist cleverer, als wir dachten. Hat meinen Leuten in die Eier getreten. Und zwar wortwörtlich.«

»Und was unternimmst du jetzt?«

»Nichts.«

Jeremias Laak sprang aus dem Sessel auf.

»Wie nichts?«

»Nein. Die kleine Schlampe ist bestimmt zur Polizei gerannt. Polizei ist nicht gut. Stress mit der Polizei ist die ganze Sache nicht wert.«

Jeremias Laak ging nervös durch das Zimmer und stieß mit dem Schienbein an die Kristallglasplatte des Couchtisches.

»Aber was ist, wenn sie weitermacht?«

Dimitris war die Ruhe selbst.

»Warte erst mal ab. Angst hat sie jetzt bestimmt. Es kann gut sein, dass sie die Finger von der Geschichte lässt.«

Damit wollte sich der Sohn des Ministerpräsidenten nicht zufriedengeben. »Aber …«

»Hör zu, kleiner Mann«, unterbrach ihn Dimitris kalt. »Ich kann nicht immer dein Kindermädchen spielen. Du musst auch mal allein klarkommen. Ansonsten wirst *du* lästig.«

Jeremias schluckte. Er wusste, was Dimitris mit Menschen machte, die ihm »lästig« wurden.

»Ja, ja. Schon gut. Ich komme klar.«

»Das ist gut, kleiner Mann.« Dimitris legte auf.

Jeremias ging an die Bar und genehmigte sich einen Drink. Den zweiten an diesem Morgen. In diesem Augenblick ertönte die Türklingel.

»Auch das noch«, zischte er wütend und stapfte in die weitläufige Eingangshalle. In der Wand war ein Bildschirm eingelassen, der eine Liveaufnahme des eisernen Eingangstors zeigte. Dort stand niemand. Aber Jeremias konnte deutlich erkennen, dass zwischen den Metallstreben der Tür ein großer Briefumschlag steckte. Der Sohn des Ministerpräsidenten öffnete die Haustür und ging den mit Kies ausgelegten Weg bis zu dem großen Tor hinab. Der hellbraune Umschlag war zwischen die Gitterstäbe geklemmt worden. Viel konnte er nicht enthalten, dafür war er zu dünn. Vielleicht war das Ganze nur ein Scherz. Dass es keiner war, konnte selbst ein schlechter Beobachter daran erkennen, dass sich Jeremias' Gesichtsfarbe in Sekundenbruchteilen veränderte, nachdem er den Umschlag geöffnet und den Inhalt entnommen hatte. Ein Ausdruck des Fotos von ihm, Bariato und Dimitris. Auf der Rückseite war eine Karte abgedruckt mit einem markierten Punkt. ›Das muss im nahe gelegenen Waldgebiet nördlich der Stadt sein‹, dachte Jeremias. Ein kurzes Schreiben mit großen Druckbuchstaben befand sich ebenfalls in dem Brief.

»HABE BRIEF VON BARIATO. 60 000,00 EURO HAST DU FÜR DIE WIP BEKOMMEN. INTERESSIERT? 5000,- EURO IN BAR. MORGEN FRÜH SIEBEN UHR. WENN DU NICHT ALLEIN KOMMST, HAT DIE ZEITUNG BESTIMMT INTERESSE.«

Jeremias fluchte, zerknüllte wütend den Brief und warf ihn auf den Boden. Dann fasste er mit der Hand in die Hosentasche und holte das Wegwerfhandy hervor. Er wollte die Nummer von Dimitris wählen, da erinnerte er sich an die Worte des Russen: *›Du musst auch mal allein klarkommen. Ansonsten wirst du lästig.‹* Er konnte Dimitris wegen des Briefs nicht anrufen. Jeremias überlegte. Fünftausend Euro war keine große Summe. Mehr als das Doppelte hatte er in bar immer im Haus. Und wenn sich die Angelegenheit mit Geld regeln ließ, dann war sie nicht so schlimm. Jeremias ging in die Hocke und hob den zusammengeknüllten Brief wieder auf. Dann glättete er ihn vorsichtig und steckte ihn zusammen mit dem Foto und der Landkarte in den Umschlag. Jeremias drehte sich um und schlurfte zurück ins Haus. Er war zu sehr in seinen Gedanken verloren, um das Auto zu bemerken, das auf der anderen Straßenseite gestanden hatte, nun gestartet wurde und langsam davonfuhr.

54

Da vorn links abbiegen.« Ich wusste selbst nicht, weshalb ich schon wieder Robin fahren ließ. Auf zusätzlichen Nervenkitzel konnte ich in der gegenwärtigen Lage gut verzichten. Robin bog links ab, und die Sportreifen des Minis quietschten.

»Hey, hier ist dreißig«, sagte ich vorwurfsvoll und schaute auf den Tacho. »Und das bedeutet nicht: dreißig pro Person.«

»Ist ja gut«, grinste Robin und nahm den Fuß vom Gas. Fast einen ganzen Millimeter.

»Da vorn ist die Hofeinfahrt. Unter dem großen Schild.«

Der Mini flog durch die Einfahrt, und Robin lenkte den Wagen geschickt und mit hoher Geschwindigkeit auf den einzigen freien der fünf Parkplätze des Hinterhofes. Wir stiegen aus dem roten Flitzer, und Robin sah sich neugierig um. Der Hof war auf allen Seiten von dreistöckigen Gebäuden umgeben, die jeweils über eine Hintertür verfügten. Zwei Altbauten und zwei neu errichtete Wohnhäuser. Aus der Tür eines Altbaus trat ein Mann in meinem Alter mit grauen Haaren und einem leichten Bauchansatz in den Hof. Er trug eine Jeans und ein hellblaues Sporthemd. In der linken Hand hielt er einen langen schmalen Koffer in Tarnoptik.

»Hallo, Herr Richter«, rief er und winkte mit der anderen Hand.

»Hallo, Herr Stein«, erwiderte ich seinen Gruß und ging auf ihn zu. »Haben Sie, worum ich gebeten habe?«

»Natürlich, Herr Richter!«

Er legte den Koffer auf den Boden, öffnete die Verschlüsse und klappte ihn auf. Das Innere war mit einer schwarzen Schaumstoffeinlage ausgekleidet, die den brisanten Inhalt schützte.

»Eine Mauser mit Zielfernrohr«, erklärte Herr Stein. »Wie gewünscht.«

Genau so ein Gewehr hatte Jochen auf dem Hochsitz dabeigehabt, als er … Ich begutachtete den Verschluss und den Kolben der Waffe und nickte zufrieden. Herr Stein verschloss den Koffer wieder.

»Übermorgen bringe ich es spätestens zurück«, sagte ich und nahm den Koffer in die Hand.

»Lassen Sie sich so viel Zeit, wie Sie brauchen!«, entgegnete Herr Stein und ging zurück zum Haus.

Ich öffnete die Beifahrertür und verstaute den Gewehrkoffer auf der Rückbank. Dann stieg ich ein, und Robin setzte sich wieder hinter das Steuer.

»Wie kommt er an das Ding ran?«, fragte sie und sah mich interessiert an.

»Als Richter lernt man ganz unterschiedliche Menschen kennen. Diebe, Räuber, Mörder und auch …« Ich machte eine Kunstpause. »… Waffenhändler.«

Robin machte große Augen. »Und woher kennst du ihn?«
»Ich habe ihn verurteilt.«
Robin wollte etwas erwidern, aber ich kam ihr zuvor.
»Können wir weiterfahren?«

55

Jeremias Laak stieg in sein Porsche-Cabriolet und legte den braunen Umschlag in den Fußraum vor den Beifahrersitz. In ihm befanden sich zehn Fünfhunderteuroscheine, die er dem Tresor in seinem Schlafzimmer entnommen hatte. Jeremias ließ den Motor an und fuhr die Auffahrt zu dem großen eisernen Tor hinunter. Der Kies knirschte unter den breiten Reifen des schwarzen Sportwagens.

Erst als er von der beleuchteten Einfahrt auf die Straße fuhr, schaltete er die Scheinwerfer des Fahrzeugs ein. Jeremias blickte auf die Uhr des stilvollen Armaturenbretts. Es war gerade sechs.

Die Fahrt dauerte nur eine knappe halbe Stunde, denn die Straßen waren um diese Zeit an einem Sonntag noch leer. Bald hatte der Sohn des Ministerpräsidenten die dichte Besiedlung der Stadt hinter sich gelassen. Links und rechts der Straße erhoben sich mächtige Kiefern. Nach einigen Kilometern erreichte er die Abzweigung, die zu dem Waldparkplatz führte. Nur ein grauer SUV stand am anderen Ende des großen Platzes. ›Vermutlich ein Jogger‹, dachte Jeremias. Viel mehr würden es heute kaum werden, denn am Himmel standen dichte Wolken. Jeremias griff nach dem Umschlag im Fußraum und steckte ihn in seine Manteltasche. Er blickte auf die Karte, die ihm gestern geschickt worden war, und stieg aus dem Sportwagen. Allmählich wurde es hell. Und neblig. Jeremias schlug den Kragen hoch und lief los. Die Karte führte ihn über einen langen und einsamen Waldweg. Ein ums andere Mal fluchte Jeremias Laak, wenn er mit den teuren Lederschuhen in eine schlammige Lache trat. Auf diese Art von Freizeitbetätigung war seine Garderobe nicht ausgelegt. Jeremias schreckte mehrmals zusammen, wenn es in dem Unterholz ganz in seiner Nähe knackte, und leuchtete mit der Taschenlampe seines Smartphones in die Büsche, doch er konnte niemanden erkennen. »Vermutlich nur Vögel oder ein Fuchs«, redete er sich laut Mut zu. Endlich wurde es am Ende des Weges heller. Er lief auf eine Lichtung zu. Jeremias atmete auf, als er schließlich aus dem dunklen Wald ins Freie trat. Die Lichtung war sehr viel größer, als er angenommen hatte, und gab einen mit Gräsern bewachsenen Platz von einigen Hundert Metern Durchmesser frei, in dessen Mitte ein halbes Dutzend Bäume standen. Und ein Hochsitz.

56

»Da kommt er.«

Seit fast einer Stunde hockten Robin und ich auf dem Jagdstand, hatten unsere Vorbereitungen getroffen und waren unseren Plan in allen Einzelheiten durchgegangen. Wieder und wieder. In den letzten fünfzehn Minuten hatten wir kaum noch miteinander gesprochen. Jeder hing seinen Gedanken nach. Langsam wurde es hell. ›Gutes Büchsenlicht‹, hatte mein alter Mentor diese Tageszeit immer genannt. Mit dem Licht kam der Nebel. Immer wieder blickte ich auf den aus groben, armdicken Stämmen zusammengezimmerten Boden des Hochsitzes, in dessen Mitte das Holz rostbraun verfärbt war. Ich schluckte bei dem Gedanken, dass Jochens Blut hierfür die Ursache gewesen war. Kaum drei Wochen war es jetzt her. Ich staunte darüber, was in der Zwischenzeit alles geschehen war. Karstens Unfall. Der Einbruch bei Robin. Bariatos Selbstmord – oder war es Mord? Der Überfall auf Robin. Und natürlich ihre und meine … ja, was war es eigentlich? Eine Beziehung? Ein Verhältnis? Ich wusste es selbst nicht. Aber ich stellte fest, dass mir der Gedanke an sie und mich, an uns, gefiel.

»Warum lächelst du?«, fragte Robin und sah mich von der Seite an.

»Nur ein Gedanke.«

»Anscheinend ein schöner Gedanke.«

Ich nickte. Dann warf ich einen Blick durch das Zielfernrohr des Gewehres, das vor mir auf dem Geländer des Hochsitzes lag.

»Da kommt er«, sagte ich leise.

»Na endlich. Ist er allein?«

Ich suchte den Waldrand mit dem Fernrohr gründlich ab, bevor ich antwortete.

»Sieht ganz so aus.«

Dann richtete ich mich auf und sah zu Robin. Sie hatte eine kleine Kamera auf einem noch kleineren Stativ an dem Geländer des Hochsitzes befestigt und mit einem Laptop verbunden. Dem zweiten Laptop ihres ermordeten Kollegen. Karsten hatte einen anonymen Blog auf mehreren Social-Media-Kanälen betrieben. Unter dem Namen »Deep Thought« veröffentlichte er Storys zu den Themen, die von den Mainstream Medien, den öffentlichen Sendern und den großen Zeitungen, nicht angenommen wurden. Karstens Blog hatte mehr als eine Million Follower – was wohl beachtlich war, der Art nach zu urteilen, wie Robin es erklärte. Ich fragte mich, welche Gesichter die Verantwortlichen der öffentlich-rechtlichen Sender und der traditionellen Zeitungen machen würden, wenn sie erfahren würden, dass der Reporter, der für sie regelmäßig Artikel geschrieben hatte, derselbe war, dessen anonyme Beiträge sie gern als Fake News abtaten.

»Bist du so weit?«, fragte ich Robin.

Sie nickte entschlossen.

»Kann losgehen. Waidmannsheil.«

Entweder konnte Jeremias Laak tatsächlich Karten lesen, oder er ahnte, wohin er gehen sollte. Vermutlich Letzteres. Jedenfalls steuerte er geradewegs auf unseren Hochsitz zu. Noch war er etwa dreihundert Schritte entfernt. Wieder nutzte ich das Zielfernrohr des Mauser-Gewehrs und prüfte sorgfältig die Umgebung. Außer dem Sohn des Ministerpräsidenten konnte ich niemanden entdecken. Noch zweihundert Schritte, bis Jeremias den Hochsitz erreichen würde. Ich atmete tief ein und aus. Der Tag, an dem Jochen hier seine letzten Augenblicke verbracht hatte, war ähnlich neblig gewesen. Wie hatte er sich gefühlt? War er wütend gewesen? Auf sich selbst, auf die WIP? Oder hatte seine Verzweiflung ihn bereits fest entschlossen und emotionslos werden lassen? Noch hundertfünfzig Schritte. Ich sog die kühle, feuchte Luft durch die Nase und nahm den Geruch von Tanne und vermoderndem Laub war. Es war schön hier. Ruhig und friedlich. War es Jochen überhaupt noch bewusst gewesen? Vermutlich nicht. Wie hätte er sonst … Ich schüttelte den Gedanken ab und konzentrierte mich auf die bevorstehende Aufgabe. Ich sah wieder durch das Zielfernrohr und konnte Jeremias Laak jetzt gut erkennen. Er war noch hundert Schritte entfernt. Der junge Mann bemühte sich, einen coolen Eindruck zu machen, doch die Farbe war aus seinem leicht gebräunten Gesicht gewichen, und Schweißperlen standen auf seiner Stirn. Er hatte Angst. Ganz offensichtlich. Und völlig zu Recht. Noch achtzig Schritte. Laak kniff die Augen zusammen, um schärfer sehen zu können. Aber auf dem mit

Tannen- und Laubzweigen getarnten Hochsitz konnte er uns unmöglich ausmachen. Noch fünfzig Schritte. Laak fasste während des Laufens in seinen Mantel, zog einen braunen Umschlag heraus, den er über den Kopf hielt, und winkte damit. Noch dreißig Schritte.

»Hallo?« Seine Stimme brach, und er räusperte sich.

»Hallo?«, versuchte er es noch einmal. Noch zwanzig Schritte.

»Das ist nah genug!«, rief ich laut. Laak blieb wie angewurzelt stehen.

»Vor dir im Gras liegt eine Schachtel. Mach sie auf!«

Jeremias blickte nach unten und suchte den Boden ab. Dann bückte er sich und hob einen faustgroßen Pappkarton auf. Er öffnete den Deckel und nahm ein kleines Mikrofon mit einem Clip heraus, das er in die Höhe hielt.

»An deinen Kragen damit!«, befahl ich.

Jeremias befestigte mit zitternden Händen etwas unbeholfen den Clip des Mikrofons an dem Kragen seiner Designerjacke.

Ich sah zu Robin hinüber, die die Verbindung zwischen Laptop und Mikrofon prüfte und mir dann zunickte.

»Ich habe hier das, was Sie wollten«, sagte Jeremias nach einem Augenblick mit heiserer Stimme und hielt mit zitternder Hand den Umschlag hoch.

»Was ich will? Das glaube ich nicht«, rief ich.

Laak wurde unsicher.

»Sie wollten doch fünftausend Euro. Das stand in dem Schreiben.«

»Hätte ich dich einfach so hierhergebeten, wärst du misstrauisch geworden. Geld ist für jemanden wie dich ein ausreichender Grund.«

»Ich verstehe nicht. Wollen Sie mehr?«

»Was ich will, kann man nicht mit Geld kaufen.«

Jeremias begann, stärker zu schwitzen.

»Und … und was wollen Sie?«

»Meinen toten Freund zurück«, antwortete ich.

»Ihren toten Freund?«

»Ja. Meinen Freund, der sich erschossen hat. Hier auf diesem Hochsitz. Nachdem er sein ganzes Geld in die WIP gesteckt und alles verloren hat.«

Laak blickte sich unsicher um. »Aber … was habe ich denn damit zu tun?«

»Interessant, dass du das fragst. Genau das wirst du mir jetzt erzählen. In allen Einzelheiten.«

Jeremias Laak machte einen Schritt rückwärts. Ich lud das Gewehr durch. Bei dem Geräusch des typischen zurückschnappenden Gewehrverschlusses blickte er erschrocken zu uns hinauf. Als er den Gewehrlauf erblickte, den ich weiter über das Geländer geschoben hatte, blieb er wie angewurzelt stehen.

»Der guten Ordnung halber mache ich dich darauf aufmerksam, dass ich ein Mauser-Gewehr mit Zielfernrohr in der Hand halte. Ich bin ein durchschnittlicher Schütze, und du musst fast dreihundert Meter laufen, um in Deckung zu gehen. Aber wenn du es versuchen willst …«, sagte ich mit kühler Stimme.

Jeremias zögerte. Offensichtlich ratterte es in seinem Kopf. Welche Möglichkeiten hatte er? Ein Geständnis ablegen? Dann würde er höchstwahrscheinlich doch noch ins Gefängnis wandern. Und es wäre das Aus für den Wahlkampf seines Vaters. Andererseits waren es dreihundert Meter bis zu der Baumgrenze in seinem Rücken. Falls ich meine Drohung wahr machen würde … Ja, *falls* ich sie wahrmachen würde! Dieser Gedanke kam Jeremias offenbar auch in den Sinn. Trotzig hob er das Kinn und blickte mit erstaunlich selbstbewusstem Blick in unsere Richtung. Er holte tief Luft, bevor er antwortete.

57

Sie schießen bestimmt nicht!«

Robin hörte die Worte in dem Kopfhörer, den sie sich ins linke Ohr gesteckt hatte. An den eingebildeten Tonfall von Jeremias Laak hatte sie sich bereits gewöhnt. Aber in diesem Moment hasste sie ihn. Sie hasste ihn, weil Jeremias für den Tod ihres Kollegen verantwortlich war. Sie hasste ihn, weil Jeremias hinter dem Überfall auf sie steckte. Und sie hasste ihn, weil er den Bluff durchschaut hatte. Natürlich würde Siggi nicht schießen. Und Jeremias Laak würde schon wieder davonkommen. Resigniert blickte sie zu Boden und dann zu Siggi. Sie erwartete, Enttäuschung in den Augen des Richters zu finden. Aber Siggi schaute nicht zu ihr herüber. Sein rechtes Auge blickte ohne zu zwinkern durch das Zielfernrohr des Gewehrs, dessen Kolben der Richter fest an die Schulter gepresst hatte. Siggi atmete langsam und tief. Ein. Aus. Ein. Aus. Robin wurde schlagartig bewusst, was das bedeutete. Buckmann verlangsamte seinen Herzschlag, um besser zielen zu können. Langsamer Herzschlag, ruhige Hand, wenig Körperbewegung. Aber dies hieße ja … Siggi hatte nicht vor zu bluffen! Er würde schießen. Um seinen alten Mentor zu rächen. Oder um sie zu schützen? Diese Gedanken zuckten wie Blitze durch ihren Kopf, als sie wie in Zeitlupe wahrnahm, wie sich der gestreckte Zeigefinger des Richters vom Schaft des Gewehres abwärts bis zum Abzug bewegte. Als sich sein Finger langsam krümmte, schrie Robin auf und stieß Siggi mit der geballten Faust reflexhaft gegen die Schulter. Im gleichen Augenblick löste sich der Schuss.

58

Sie schießen bestimmt nicht!«

Ich sah Jeremias' Gesicht durch das Zielfernrohr des Gewehrs und konnte die Schweißperlen auf seiner Stirn erkennen, die langsam die Schläfe herabliefen, vorbei an den Augen, über die Wangenknochen bis zu dem trotzig vorgereckten Kinn.

Dann veränderte sich sein Gesicht, es wurde älter und gütiger, mit lachenden Augen und einem offenen Lächeln. Ich sah in das Gesicht meines alten Freundes. Er winkte mir zu. Dann verschwand das Gesicht. Im Zielfernrohr des Gewehrs erschien wieder Jeremias Laak. Der Mann, der an dem Tod meines Freundes zumindest eine Mitschuld hatte. Und an dem Überfall auf Robin.

Ich atmete tief ein und aus, und mein Herzschlag verlangsamte sich. Einundzwanzig. Zweiundzwanzig. Dann zielte ich sorgfältig. Der Punkt, in dem sich die Linien des Zielfernrohrs kreuzten, lag über dem rechten Auge von Jeremias Laak. ›Nur noch etwas weiter nach links‹, dachte ich und führte den rechten Zeigefinger behutsam zum Abzug. Langsam suchte ich den Druckpunkt. Hundert Gramm. So viel Gewicht war notwendig, um den Hebel vollständig zurückzuziehen und den Schuss auszulösen. Dreiundzwanzig. Als der Schuss losbrach, spürte ich den Rückstoß des Gewehrkolbens und im gleichen Augenblick einen Faustschlag gegen meine Schulter.

59

Sie schießen bestimmt nicht!«

Jeremias war über den fast sicheren Tonfall in seiner Stimme selbst überrascht. So viel Mut hatte er sich nicht zugetraut. Vielleicht war es auch gar kein Mut, der ihn zu diesem Satz trieb, sondern Angst. Angst vor Dimitris Stogarev. Angst vor dem Gefängnis. Angst vor seinem Vater. Und diese Angst war groß. Größer als die vor dem Mann auf dem Hochsitz, den er nicht erkennen konnte. Der Typ bluffte bestimmt nur. Vielleicht wollte er nur ein Geständnis, um ihn immer wieder erpressen zu können. Aber da hatte er sich geschnitten. Jeremias redete sich Mut zu. »Er wird nicht schießen. Nicht auf mich. Den Sohn des Ministerpräsidenten. Niemals.« Er glaubte seinen still gesprochenen Worten beinahe. Doch dann hörte Jeremias den gedämpften Knall und zeitgleich ein kurzes Surren, als wäre eine Wespe mit hoher Geschwindigkeit an seinem rechten Ohr vorbeigeflogen. Jeremias' Herz setzte einen Schlag aus, als ihm bewusst wurde, was gerade geschehen war. Der Dreckskerl auf dem Hochsitz hatte geschossen und ihn um eine Handbreit verfehlt.

Offenbar verwendete er einen Schalldämpfer, sonst wäre der Schuss lauter gewesen. Doch Moment! Er hatte ihn nicht verfehlt. Er hatte ihn gewarnt.

Jeremias riss die Hände hoch und streckte sie über seinen Kopf.

»Schon gut. Schon gut.«

»Dann schieß mal los, bevor ich es tue«, rief die Stimme von dem Hochsitz. »Was hast du mit der WIP zu tun?«

Jeremias nahm die Hände herunter und begann zu erzählen.

»Ich bin nur durch Zufall da reingeraten. Der Typ, der alles geplant hat, heißt Dimitris Stogarev. Der gehört zur russischen Mafia. Ein hohes Tier. Ich habe ihn vor ein paar Jahren kennengelernt. Seitdem haben wir uns immer mal wieder gesehen, haben zusammen gefeiert, in seinen Discos, und auch Urlaub gemacht. Er hat ein paar schöne Häuser in ganz Europa. Ich denke, er hat sich davon versprochen, durch mich an meinen Vater ranzukommen und mit ihm Geschäfte zu machen. Spätestens nach der Wahl. Vor einem Jahr hatte Dimitris die Idee mit der WIP. Es sollte alles ganz legal aussehen. Mit Eintragung und Notar und so. Die Gelder der Anleger sollten erst dann an ihn ausgezahlt werden, wenn er nachweist, dass die Grundstücke gekauft sind. Und natürlich, dass sie auch etwas wert sind. Dafür brauchte er einen Sachverständigen, einen Gutachter für die Grundstücksbewertung. So kam ich ins Spiel. Dimitris wusste, dass ich und mein Vater mit Lutz Bariato bekannt sind. Der hat uns vor ein paar Jahren schon mal ein … freundliches Gutachten erstellt, als wir Probleme mit einem Grundstück für ein

Schwimmbad hatten, wo früher Sprengstoffe und Chemikalien gelagert waren. Ich habe Dmitris den Kontakt vermittelt und Geld dafür bekommen. Einmal von Dimitris. Und noch einmal von Bariato. Das war eigentlich schon alles.«

»Und warum hat die Polizei in deiner Villa nichts gefunden?«, wollte der Mann mit dem Gewehr wissen.

Jeremias schluckte, und der Adamsapfel des jungen Mannes bewegte sich deutlich.

»Mein Vater hat angerufen und mich gewarnt. Paul hat ihm Bescheid gegeben. Ich meine Paul Seemann, den Justizminister.«

60

Hast du alles?«

Robin nickte und schaltete die kleine Kamera ab.

»Alles im Kasten. Und gleich wird der Junge ein Social-Media-Star.«

»Ist er doch schon«, grinste ich.

»Aber diesmal ungeschminkt. Ohne Schnitt und Filter«, erwiderte Robin und zwinkerte mir zu. Sie blickte auf das Laptop, das neben ihr auf dem Boden stand. »Ist hochgeladen.«

»Und das sieht sich jemand am Sonntagmorgen an?«, fragte ich kritisch.

»Du wirst sehen, Siggi. Ich rechne mit zehntausend Aufrufen in der nächsten halben Stunde.«

Ich nickte beeindruckt.

»Bin ich auf dem Video zu hören?«

»Nein. Deine Fragen werden von einer Computerstimme vorgelesen.«

»So was geht?«

Robin schmunzelte. »Mit dem Computer von Karsten geht so einiges.«

Ich nahm das Mauser-Gewehr vom Geländer und legte es in den Waffenkoffer, den ich sorgfältig verschloss. Robin verstaute Kamera und Laptop in ihrem Rucksack.

»Hallo?«, hörten wir die Stimme von Jeremias Laak. »Kann ich jetzt gehen?«

»Bleib, wo du bist!«, rief ich ihm zu. Jeremias gehorchte.

Wir kletterten die grobe Holzleiter des Hochsitzes herunter. Jeremias' Augen weiteten sich, als er Robin erkannte.

»Moment mal. Sie waren doch bei mir und wollten einen Artikel schreiben!«

Die Journalistin nahm die Kamera aus ihrem Rucksack und winkte damit.

»Brauche ich jetzt nicht mehr. Bin unter die Naturfilmer gegangen.«

Jeremias Laak wurde noch eine Spur blasser.

»Was wollen Sie für die Kamera? Ich habe Geld. Mein Vater hat Geld. Wir geben Ihnen, was Sie wollen.«

»Wann begreifst du endlich, dass man nicht alles mit Geld kaufen kann? Oder besser: nicht jeden?«, fragte Robin und schnaubte verächtlich. »Es ist vorbei. Das Video ist bereits im Netz.«

Jeremias Laak stand vor uns wie ein begossener Pudel. Er wusste nicht, was er noch sagen sollte, und wir hatten nicht die Absicht zu warten, bis es ihm einfiel. Als wir den Waldrand erreicht hatten, drehte ich mich noch einmal um. Jeremias Laak hatte sich nicht von der Stelle gerührt.

Für den Rückweg zum Parkplatz benötigten wir etwa zwanzig Minuten. Schweigend liefen wir nebeneinander her, hörten die Geräusche der Tiere im Wald und genossen die

Stille. Wir erreichten den Parkplatz, auf dem nur zwei Autos standen. Laaks Sportwagen und mein alter SUV. Ich verstaute den Waffenkoffer auf der Rückbank. Dann stiegen wir ein.

Robin sprach noch immer nicht. Ich kannte sie mittlerweile gut genug, um zu merken, dass sie etwas bedrückte.

»Was ist los?«, fragte ich.

Robin ließ sich mit der Antwort Zeit.

»Entschuldige bitte, dass ich dich vorhin zur Seite gestoßen habe. Ich dachte, du wolltest ihn wirklich ermorden.«

»Genau betrachtet war es auch ein Mord.«

Robin runzelte fragend die Stirn.

»Ein klassischer Rufmord«, grinste ich.

Robin lachte und deutete mit dem Daumen auf den Gewehrkoffer, der hinter ihr lag.

»Ich meinte, mit dem Ding da!«

Ich drehte mich herum und öffnete den Verschluss des Waffenkoffers. Dann nahm ich das Gewehr heraus und zeigte Robin den Kolben der Waffe.

»Mit dem Ding da kann man niemanden ermorden. Das ist eine Softair-Waffe«, sagte ich und zeigte auf eine Markierung auf dem hölzernen Schulterstück.

»Eine was?«

»Eine Luftdruckwaffe. Erkennt man an dem Fünfeck hier auf dem Kolben.«

»Du meinst, damit kann man gar nicht schießen?«

»Schießen schon. Aber erschießen wird schwierig. Kann jeder ab achtzehn Jahren erwerben.«

Robin blickte ungläubig.

»Aber sagtest du nicht, der Mann sei Waffenhändler?«

»Herr Stein. Ja. Ein zugelassener Waffenhändler. Er verkauft scharfe Waffen und Softair-Waffen.«

»Und du hast ihn verurteilt?«

»Ja. Vor ein paar Jahren.« Nach einem Augenblick fügte ich erklärend hinzu: »Wegen Falschparkens.«

Robin schüttelte den Kopf. Dann lachte sie.

»Du bist unmöglich, Siggi!«

Ich ließ den Motor an und fuhr los. Zufrieden. Ich hatte ein gutes Gewissen. Trotz der kleinen Nötigung. Und der Bedrohung. Und natürlich des Verstoßes gegen das Waffengesetz. Ach ja, und das Kunsturhebergesetz. Trotzdem hatte ich ein gutes Gewissen. Beinahe.

Allmählich brach die Sonne durch die Wolken, und der Nebel lichtete sich. Es würde doch noch ein schöner Tag werden. Ein Tag ohne Mord. Ein Tag ohne Leiche.

61

26 538. Das war die Anzahl der Aufrufe des Videos »Jeremias Laak – Handlanger der WIP«. Und das nur dreißig Minuten, nachdem Robin das Video hochgeladen hatte. Jeremias blickte entsetzt auf sein Smartphone, bevor er in seinen Porsche stieg, der jetzt das einzige Auto auf dem Waldparkplatz war. Jeremias ließ den Motor an. Dann trommelte er wütend mit den Fäusten auf das schwarze Leder des Sportlenkrads. »Scheiße«, schrie er so laut, dass einige Vögel aus den nahe gelegenen Bäumen aufstiegen. Jeremias schlug den ersten Gang mit solcher Wucht rein, dass das Getriebe knirschte, und trat aufs Gas. Die Reifen drehten durch, ein paar Kieselsteine schossen von dem Heck des Fahrzeugs weg. Dann fanden die Räder Halt, und Laak raste los.

Auf dem Weg zu seiner Villa klingelte sein Smartphone. Erst einmal. Dann wieder und wieder. Das Display zeigte die unterschiedlichsten Anrufer an. Das Privathandy seines Vaters, die Dienstnummer seines Vaters. Die Nummer des persönlichen Assistenten seines Vaters. Jeremias ignorierte die Versuche seines Erzeugers, ihn zu erreichen. Was er jetzt am wenigsten brauchte, waren Vorwürfe und Beschimpfungen.

Er würde mit Dimitris sprechen. Der Russe würde für ihn die Presseschlampe beseitigen. Und ihren Freund. Und der Russe würde es langsam tun und qualvoll. Jeremias grinste wie ein Irrer bei der Vorstellung, was Dimitris' Männer mit der Journalistin anstellen würden.

Es war gegen Viertel nach acht, als Laak vor dem Tor seiner Einfahrt hielt. Zum Glück war die Presse noch nicht hier. Für den Rest des Tages würde er sich in seiner Villa verschanzen. Jeremias betätigte die Fernbedienung für das große Eingangstor. Langsam wurde es zurückgefahren. Jeremias sah erneut auf sein vibrierendes Smartphone, das neben ihm in der Mittelkonsole lag, und drückte den siebten Anruf seines Vaters weg. Als er wieder hoch und auf die Einfahrt blickte, stand vor seinem Wagen ein großer, breitschultriger Mann auf dem Kiesweg, der zu seiner Villa führte. Er trug eine dunkle Hose, schwarze Sicherheitsschuhe und eine schwarze Lederjacke. Ein Vollbart zierte das grobschlächtige Gesicht. Der Mann sah ihn an und grinste, wodurch zwei Goldzähne in seinem Oberkiefer sichtbar wurden.

Jeremias war so auf den Riesen fixiert, dass er erschrak, als die Beifahrertür aufgerissen wurde und ein nicht weniger unfreundlich aussehender Mann, der offenbar denselben Schneider bevorzugte wie der Hüne vor seinem Sportwagen, auf dem Sitz neben ihm Platz nahm.

»Hallo, kleiner Mann«, sagte der Fremde. »Dimitris schickt uns. Er hat dein Debüt als Schauspieler verfolgt. Aber deine Rolle gefällt ihm nicht.«

Jeremias spürte, wie sich seine Kehle zuschnürte. Der Schweiß brach ihm aus, und er stand kurz davor, sich in die Hose zu machen.

»Schuld hat diese Presseschlampe. Und der Typ, der bei ihr war! Sag Dimitris …«, begann er mit zitternder Stimme.

»Dimitris will gar nicht mit dir sprechen. Er sagte, du bist lästig geworden«, unterbrach ihn der Fremde kalt.

»Will Dimitris denn gar nicht wissen, wer der Typ war, mit dem ich gesprochen habe?«

Der Fremde zögerte kurz.

»Wir können uns ja ein wenig auf dem Weg unterhalten«, erwiderte er schließlich.

»Auf dem Weg wohin?«, fragte Jeremias mit trockenem Mund.

»Fahr los. Richtung Industrieviertel.«

Hilflos setzte Jeremias den Wagen zurück auf die Straße und fuhr los. Gleichzeitig wurde am gegenüberliegenden Straßenrand ein großer, schwarzer SUV gestartet. Der Hüne ging über die Straße und stieg auf den Beifahrersitz des Geländefahrzeugs.

»Los«, sagte er, und der Fahrer folgte Jeremias Sportwagen. Der Hüne drehte sich um. Auf der Rückbank des SUV lag alles, was sie brauchten. Ein Wagenheber. Ein Klebstofffläschchen. Und ein nagelneues Hanfseil.

62

Robin saß zufrieden auf einem der Hocker an der Theke ihrer Wohnküche und sah sich das Video an, das sie an diesem Morgen aufgezeichnet und ins Netz gestellt hatte. Sie war der 250 034. Zuschauer, verriet die Anzeige auf Karstens anonymem Channel. Mittlerweile hatten alle anderen Medien ebenfalls reagiert. Die Geschichte war zu groß geworden, um sie zu ignorieren. Selbst für die öffentlich-rechtlichen Sender. Nicht weniger als drei Sondersendungen im Fernsehen, vier Radiomeldungen und unzählige Schlagzeilen der Internetzeitungen hatten Siggi und Robin an diesem Tag gemeinsam verfolgt. Auch momentan verfolgte Robin einen Livebericht auf einem Privatsender in der oberen rechten Ecke ihres Laptops. Ein Reporter stand vor dem schweren eisernen Tor der Laak-Villa, die eine wahre Armee von Reportern schon seit Stunden belagerte. Aber Jeremias Laak ließ sich nicht blicken. Auch auf eine Stellungnahme des Ministerpräsidenten und des Justizministers wartete man bisher vergeblich. Allein die Pressesprecherin der Staatsanwaltschaft, die Robin an die Schauspielerin Charlize Theron erinnerte, hatte vor einer halben Stunde erklärt, das Video von Jeremias Laak werde zum Anlass genommen, »in alle Richtungen mit Hochdruck zu ermitteln und zu prüfen, ob Verfehlungen und Straftaten auf höchster Ebene vorliegen«.

Robin schaltete den Ton des Laptops ab, lehnte sich zurück und nahm einen großen Schluck aus der Bierflasche in ihrer Hand. Dann schloss sie die Augen und dachte über den Tag nach, den sie bis zum frühen Abend mit Siggi verbracht hatte. Er hatte protestiert, als Robin erklärt hatte, zurück in ihre Wohnung zu fahren, aber sie wollte in Ruhe nachdenken. Und das konnte sie am besten hier, in ihrem eigenen Reich. Und allein.

In der vergangenen Stunde war sie alle Dateien aus dem Ordner »Richter Buckmann« sorgfältig durchgegangen. Fotos. Notizen. Zeitungsartikel. Und Aussagen mehrerer Informanten. Die Bedienung eines Eiscafés hatte erzählt, Ayaz habe wenige Tage vor seinem Tod eine Unterhaltung mit einem anderen Gast gehabt, dessen Beschreibung zu Buckmann passen würde. Die Unterhaltung sei lautstark und aggressiv gewesen, hatte sich die junge Kellnerin erinnert. Aber das konnte auch nur ein Zufall gewesen sein. Letztlich waren Robins Vermutungen doch nur eine Theorie. Handfeste Beweise hatte sie nicht. Vielleicht hatte ihr Jagdinstinkt einmal versagt, und sie hatte sich geirrt. Langsam schloss sie eine Datei nach der anderen. Zuletzt das Foto von den Richtern des kleinen Amtsgerichts, auf dem sie einen roten Kreis um Siggi Buckmann gezogen hatte. Dann markierte sie den Ordner, zog ihn in das Papierkorbsymbol und klickte mit dem Cursor der Maus auf »Endgültig Löschen«. Auf der

Mitte des Bildschirms erschien ein Feld mit dem Text »Sind Sie sicher, dass alle Dateien endgültig gelöscht werden sollen?« Robin zog den Cursor langsam auf das Feld »Ja« und setzte den Zeigefinger auf die Maustaste. In diesem Augenblick vibrierte ihr Smartphone, das neben dem Laptop auf der Küchenzeile lag. Eine unbekannte Nummer erschien im Display. Robin nahm das Gespräch an und aktivierte die Lautsprecherfunktion.

»Ja?«

»Hallo? Spreche ich mit Robin Bukowsky?«

»Wer ist denn da?«

»Sie wollten doch Informationen haben zu dem Tod von Ercan Ayaz.«

»Und wer spricht da?«

»Sie hatten in meiner Kanzlei angerufen. Ich war der Anwalt von Herrn Ayaz. Mein Name ist Schädel.«

Robin schluckte. Wenn es jemanden gab, der ihr etwas zu dem Tod von Ercan Ayaz erzählen konnte, dann Rechtsanwalt Schädel. Der Mann, der bisher all ihre Versuche, ihn zu kontaktieren, abgeblockt hatte. Schädel war einer der letzten Menschen, die Ayaz vor seinem Tod gesprochen hatte. Und er war kurz vor dessen Ermordung bei Richter Buckmann gewesen. Hierfür gab es Zeugen. Aber was wäre, wenn Schädel ihr etwas erzählen würde, was sie nicht hören wollte – oder was sie *nicht mehr* hören wollte? Über Siggi und seine Rolle bei der Ermordung von Ercan Ayaz. Sofern es tatsächlich eine Verbindung gab.

»Hallo?«, fragte die Stimme aus dem Smartphone. »Sind Sie noch da?«

Robin atmete tief ein und aus. Einundzwanzig. Zweiundzwanzig.

»Hallo, Frau Bukowsky?«

Dreiundzwanzig.

»Wann treffen wir uns?«

63

Gemeinsam hatten Robin und ich die Entwicklungen seit heute Morgen auf dem Fernseher in ihrem Appartement verfolgt. Erst am frühen Abend kehrte ich in meine Wohnung zurück. Schon als ich die Tür öffnete, fielen mir die fettigen, bräunlichen Flecken auf dem Läufer der Diele auf. Ein Blick in die Küche war aufschlussreich. Die Scherben des Tellers mit den Resten vom gestrigen Mittagessen, einem herrlichen Hähnchenragout in Weißweinsoße, das ich für mein Abendmahl vorgesehen und mit einem Stück Alufolie abgedeckt hatte, lagen auf dem Küchenboden. Das Ragout war spurlos verschwunden. Nun, nicht ganz spurlos. Um genau zu sein, zog sich eine Schleifspur durch die Küche über die Diele bis zum Wohnzimmer, die an Grisus Kratzbaum endete. Auf dem Kratzbaum lagt der Maine-Coon-Kater in seiner Schale auf dem Rücken, streckte die Hinterpfoten in die Luft und schnarchte. Offenbar hatte er schwer zu verdauen.

»Hey!«, sagte ich laut und stupste mit dem Zeigefinger gegen seinen prall gefüllten Fellbauch.

Grisu zuckte zusammen, öffnete die Augen und gähnte herzhaft.

»Was ist denn passiert?«

»Das wollte ich dich fragen«, erwiderte ich und zeigte auf die Spur am Boden. »Kannst du mir sagen, was hier passiert ist?«

Grisu leckte sich über eine Vorderpfote. Offensichtlich ein plumper Versuch, weitere Beweismittel verschwinden zu lassen.

»Ich könnte es dir sagen«, begann Grisu und betrachtete den Boden. »Aber ein Teil meiner Antwort würde dich verunsichern.«

»Was soll das heißen? Du bist wohl nicht ganz …«

In diesem Moment summte mein Handy. Auf dem Display erschien die private Nummer von Uli Nussbaum.

»Mach den Fernseher an«, sagte Uli knapp, als ich das Gespräch angenommen hatte. »Ich melde mich später noch mal. Kann jetzt nicht sprechen.« Der Staatsanwalt legte wieder auf.

Ich griff nach der Fernbedienung auf dem niedrigen Couchtisch und schaltete den Apparat ein. Uli hatte zwar nicht gesagt, welchen Sender ich einschalten sollte, aber das war auch nicht nötig. Auf mehreren Kanälen liefen Sondersendungen.

»Selbstmord: Jeremias Laak tot aufgefunden!«

»Grausiger Fund: Hier starb der Sohn des Ministerpräsidenten!«

»Jeremias Laak tot: Ein Schuldeingeständnis?«

Die Informationsfetzen, die ich aufschnappte, während

ich durch die einzelnen Sender schaltete, verrieten, was geschehen war. Und sie erinnerten mich stark an den Tod von Lutz Bariato. Den vermeintlichen Selbstmord.

Nach wenigen Minuten schaltete ich den Apparat wieder aus und setzte mich auf die Sofalehne. Mir fehlten die Worte. Es dauerte einige Sekunden, bis ich meine Gedanken geordnet hatte und präzise artikulieren konnte.

»Ups.«

»Ups?« Grisu war von seinem Kratzbaum auf das Sofa gesprungen und machte ein interessiertes Gesicht. »Ups? Ist das der juristische Fachausdruck für einen Doppelmord?«

»Einen was?«

Grisu stellte beide Ohren nach vorn.

»Einen Doppelmord.«

»Augenblick mal!«, protestierte ich. »Ich bin kein Doppelmörder!«

Der Kater legte den Kopf zur Seite.

»Ercan Ayaz und Jeremias Laak. Ich gebe zu, Mathematik ist keine meiner Stärken. Aber ich bin ziemlich sicher, dass es in der Summe zwei Mordopfer sind.«

»Es sind zwei Mordopfer«, stimmte ich meinem Kater zu. »Aber nicht *meine* zwei Mordopfer.«

Grisu kniff das linke Auge zu.

»Juristisch besteht zwischen dem Mord an Ercan Ayaz und dem Mord an Jeremias Laak ein ganz gewaltiger Unterschied«, begann ich und erhob mich von der Couch. »Wenn ich einen Irrtum erwecke und einen Menschen wie ein Werkzeug verwende, ist das ein Mord in mittelbarer Täterschaft.«

Grisu richtete seine Schnurrbarthaare nach vorn.

»Und was ist es, wenn du das Opfer zwingst, sich selbst zu verraten, und damit seine Ermordung provozierst?«

Ich dachte kurz nach.

»Es kommt darauf an: Wenn ich in Kauf genommen hätte, dass genau das passiert, wäre es möglicherweise eine Anstiftung zum Mord. Hätte ich es aber nicht in Kauf genommen, sondern nur vorhersehen können … dann wäre es höchstens fahrlässige Tötung.«

»Und?« Grisu blieb hartnäckig. »Hast du es vorhergesehen und in Kauf genommen oder nicht?«

Ich überlegte. Hatte ich es vorhergesehen? Nun, um ehrlich zu sein, war es schon sehr wahrscheinlich gewesen, dass der Chef der WIP früher oder später das Video von Jeremias zu sehen bekam. Und da ich nach den Todesfällen von Robins Kollegen Karsten und auch von Lutz Bariato wusste, dass die Organisation durchaus recht verstimmt reagieren konnte, war es nicht unbedingt fernliegend …

»Ich warte auf eine Antwort.« Grisu starrte mich mit zusammengekniffenen Augen an. »Hast du den Tod von Jeremias Laak in Kauf genommen?«

Ich ließ mir mit der Antwort Zeit.

»Ich könnte es dir sagen«, setzte ich schließlich an und machte eine Kunstpause. »Aber ein Teil meiner Antwort würde dich verunsichern.«

Grisu schnaubte und maunzte irgendetwas, das ich nicht verstand. Möglicherweise »Plagiator«. Vielleicht aber auch »Papagei«. Dann sprang er zurück in seine Katzenschale, rollte sich zusammen und setzte seinen Verdauungsschlaf fort.

Ich nahm das Handy und wählte Robins Nummer. Ob sie schon von Jeremias gehört hatte? Viermal ertönte das Klingelzeichen, dann wurde der Anruf angenommen.

»Hallo, Robin, hast du es schon gehört? Jeremias Laak …«, begann ich hastig.

»… der Anrufbeantworter von Robin Bukowsky. Ich bin zurzeit leider nicht zu erreichen. Bitte hinterlassen Sie eine Nachricht nach dem Piepton.«

Epilog

Zehn bis fünfzehn Sekunden.

Bei einem Herzdurchschuss stellt der Herzmuskel fast augenblicklich die Arbeit ein, und das in den Herzkammern vorhandene Blut strömt durch den Schusskanal in den Brustkorb. Doch anders als im Kinofilm bricht ein Mensch nicht sofort regungslos zusammen. Der Präzisionsschütze eines Spezialeinsatzkommandos berichtete mir einmal, dass ein Angreifer nach einem glatten Herzdurchschuss noch zehn bis fünfzehn Sekunden weiter auf ihn feuern konnte.

»Der Mann war schon tot. Er wusste es nur noch nicht«, erklärte der SEK-Mann nüchtern.

Zehn bis fünfzehn Sekunden.

Den Einschlag der Kugel spürte ich kaum. Es war nur ein kurzes Zucken, das durch den Körper ging. Ein winziger Ruck. Zwei Zentimeter unterhalb der linken Brust bildete sich ein dunkelroter Kreis auf dem Shirt. Zu Anfang nicht größer als ein Zweicentstück. Doch ich sah, wie er sich in jeder Sekunde verdoppelte. Es brauchte eine gewisse Zeit, bis ich verstand. Zehn bis fünfzehn Sekunden. Dann war es vorbei.

Geständnis

Ein bisschen spät für ein Geständnis, finden Sie? So auf der letzten Seite? Zugegeben: Je früher ein Geständnis in einem Strafverfahren abgelegt wird, desto günstiger ist es für den Angeklagten. Aber ich hoffe trotzdem auf Ihre Milde, wenn ich erst jetzt zugebe, dass ich beim Schreiben dieses Buches Hilfe hatte. Große Hilfe sogar, für die ich Danke sagen möchte.

Danke, meine liebe Anne, für Deinen Rat und Deine Kritik!

Liebe Kira und liebe Rhona, danke für Eure Geduld und Euer Verständnis, wenn ich (mal wieder) weniger Zeit hatte!

Danke, liebe Petra, für Deinen kritischen juristischen Blick!

Lieber Oskar Rauch, danke für die gute und vertrauensvolle Zusammenarbeit!

Danke, liebes Team von Heyne, für Eure großartige Unterstützung!